개

김훈
소설

푸른숲

군말

2005년에 쓴 글을 손보아서 새로 펴낸다.

글 쓰는 자의 마음이 글 밖에 머물면서 글을 다스려 나가야 할 터인데, 그때의 글을 다시 보니 글과 마음이 뒤섞여서 어수선하게 되었음을 알았다. 내가 쓴 글을 다시 읽는 일은 늘 스스로 부끄럽다.

이번에 글을 고쳐 쓰면서, 큰 낱말을 작은 것으로 바꾸고, 들뜬 기운을 걷어내고, 거칠게 몰아가는 흐름을 가라앉혔다. 글을 마음에서 떼어놓아서 서늘하게 유지하려고 애썼다.

이야기의 구도도 낮게 잡았다. 가파른 비탈을 깎아

내려서 야트막한 언덕 정도로 낮추었다. 편안한 지형 안에 이야기가 자리 잡도록 했다. 2005년의 글보다 안정되고 순해졌기를 바란다.

15년여 전의 글이 낯설어 보이니, 마음이 세월과 더불어 늙었음을 알겠다. 마음이 늙으면 나 자신과 세상이 흐리멍덩하고 뿌옇다. 개념의 구획이 무너진 자리에 작은 자유의 공간이 생겨나는데, 늘 보던 것들이 처음으로 보여서 놀란다.

나는 날마다 공원 벤치에 앉아 볕을 쬐면서 지나가

는 사람들과 지나가는 개들을 들여다본다. 빛나는 생명과 이야기, 한없는 마음이 다가오고 지나간다. 그것들을 다 말[글]로써 말할 수는 없다.

이 작은 책은 진돗개 '보리'의 사랑과 희망과 싸움에 관한 이야기다. 삶의 터전이 망가진 자리에 '보리'의 생명이 다시 뿌리내리기를 나는 바란다. 그 자리에는 여전히 사람들이 살고 있다.

2021년 봄에
김훈

작가의 말

강토는 곳곳에서 버려져 있다. 나는 사람들이 못 살고 떠난 마을들을 자전거로 떠돌아다녔다. 허물어진 지붕 위로 넝쿨이 기어올랐고, 염소가 빠져 죽은 우물에서 버섯이 피어올랐다.

빈 마을에서, 주인 없는 개들이 울부짖었다. 개들은 못 먹어서 비쩍 말랐으나, 야생에 버려져서 사나웠다. 나를 보자 털을 세우며 으르렁거렸는데, 어떤 개는 다가와서 내 발등을 핥았다. 나는 개를 쓰다듬어 적개심을 달래주고, 개발바닥을 들여다보았다. 발바닥에 굳은살이 박여 있었다.

그 굳은살 속에는 개들이 제 몸의 무게를 이끌고 이

세상을 싸돌아다닌 만큼의 고통과 기쁨과 꿈이 축적되어 있었다. 그 굳은살은 땅을 딛고 달릴 만큼 단단했고 충격을 버틸 만큼 폭신했다. 개발바닥의 굳은살은 개들의 『삼국유사』였다. 수억만 년 전, 어느 진화의 갈림길에서 나는 개들과 헤어졌던 모양인데, 개발바닥의 『삼국유사』는 그 수억만 년의 시간을 거슬러서 내 앞으로 당겨주었다.

인기척 없는 산골의 공가촌(空家村)이나 수몰지의 폐허에서 개들은 짖고 또 짖었다. 나는 개발바닥의 굳은살을 들여다보면서 어쩌면 개 짖는 소리를 알아들을 수도 있을 것 같았다.

그래서 나는 세상의 개들을 대신해서 짖기로 했다. 짖고 또 짖어서, 세상은 고통 속에서 여전히 눈부시다는 것을 입증하고 싶었다.

　쉬운 일은 아니었다. 쉽지 않으므로, 온 마을의 개들이 따라서 짖을 때까지, 사람이 사람의 아름다움을 알게 될 때까지, 나는 짖고 또 짖을 것이다. 인간의 마을마다 서럽고 용맹한 개들이 살아남아서 짖고 또 짖으리. 개들아 죽지 마라.

2005년 여름에

김훈

차례

일러두기

학교와 어린이들의 모습은 오래전에 김용택 시인의 임실 마암분교
(현 마암초등학교)에서 본 풍경이 바탕이 되었다.

1

보리

내 이름은 보리, 진돗개 수놈이다. 태어나 보니 나는 개였고 수놈이었다. 어쩔 수 없는 일이었다. 어쩔 수 없기는 소나 닭이나 물고기나 사람도 다 마찬가지다. 태어나 보니 돼지고, 태어나 보니 사람이고, 태어나 보니 암놈이거나 수놈인 것이다.

개로 태어났으므로 나는 내 고향의 이름을 모른다. 이름은 사람의 것이다. 나는 몸뚱이로 뒹구는 흙과 햇볕의 냄새를 알 뿐이다. 내 이름 보리도 사람들이 붙여 놓은 것이지 내가 태어날 때 가지고 온 것이 아니다.

사람들은 고장의 이름을 말해주어야만 겨우 어떤 땅인지를 짐작할 수 있지만, 개들은 땅의 이름을 기억하지 못한다. 개들은, 안개 냄새 나는 고장, 갯비린내 나는 고장, 새들이 날개 치는 소리 나는 고장처럼 몸으로 고향을 기억한다.

이 세상의 산골짜기와 들판, 강물과 바다, 비 오는 날과 눈 오는 날, 안개 낀 새벽과 노을 진 저녁들은 모두 입을 벌려서 쉴 새 없이 무어라 지껄이면서 말을 걸어온다. 말은 온 세상에 넘친다. 개는 그 말을 알아듣는데 사람들은 알아듣지 못한다. 사람들은 오직 제 말만을 해대고, 그나마도 못 알아들어서 지지고 볶으며 싸움판을 벌인다. 늘 그러하니, 사람 곁에서 사람과 더불어 살아야 하는 개의 고통은 크고 슬픔은 깊다.

나는 그 고통과 슬픔보다 개로 태어나 살아가는 일의 기쁨과 자랑을 먼저 말하려 한다. 말하려 하지만, 사람들은 끝내 개의 말을 알아듣지 못할 것이다.

사람들아, 구두 신고 두 발로 서서 걸어 다니는 사람들아, 구두 밑에 바퀴 달고 인라인스케이트를 타는 사람들아, 알아듣지 못하더라도 내 입을 틀어막지는 말아다오. 사람들아, 개 짖는 소리를 들어라. 내 이름은 보리, 진돗개 수놈이다.

컹, 컹컹컹…… 우우우우우…….

내가 태어나던 무렵의 기억은 아득히 멀어서 가물거리지만, 가물거려서 더욱 내 몸에 깊이 박혀 있다. 아직 눈을 뜨지 못한 내가 주둥이와 앞발로 엄마 가슴을 헤집고 젖을 빨아 먹을 때, 세상의 느낌은 따뜻하고 포근했고, 어디선지 고소한 냄새가 났다. 따뜻하고 몽실몽실한 느낌은 나와 함께 태어나서 엄마의 젖을 서로 빨려고 엉키고 밀치면서 다투던 내 형제들의 몸의 느낌이었고 고소한 냄새는 우리 엄마의 젖에서 퍼지는 냄새였다.

눈을 뜨지 못하고 네발로 서지 못할 때도 나는 엄마의 젖꼭지를 금방 찾아서 입에 물 수가 있었다. 캄캄한 어둠 속에서 주둥이를 이리저리 돌려보면 무언가 좀 딱딱하고 오톨도톨한 것이 입가에 느껴졌는데, 그것이 바로 엄마의 젖꼭지였다. 젖꼭지가 느껴지지 않을 때는 고소한 냄새가 나는 쪽으로 머리통을 들이밀면 거기에 통통하게 불은 엄마의 젖이 있었다.

그때, 엄마는 우리 형제 다섯 마리를 한꺼번에 낳았다. 우리 엄마 젖꼭지는 모두 열 개인데, 그 열 개에서 모두 다 젖이 콸콸 나오는 것은 아니었다. 가슴 쪽으로 올라붙어 있는 젖은 말라붙어서 잘 나오지 않았고, 어쩌다가 조금씩 나와도 쌀뜨물처럼 멀건 국물뿐이었고 고소하지도 않았다. 또 위쪽으로 붙은 젖은 꼭지가 톡 튀어나오지 않고 살 속에 반쯤 파묻혀 있어서 입에 물기가 쉽지 않았고 간신히 물어도 딴 형제들이 밀쳐대면 입에 문 젖꼭지를 놓치기 일쑤였다.

엄마의 젖은 배의 아래쪽으로 내려갈수록 젖통이가 크고 젖꼭지도 도드라져서 입에 물면 빠지지 않았고, 맛도 좋고 양도 많았다. 가장 고소하고 찰진 젖은 엄마 배의 맨 아래쪽, 그러니까 뒷다리 바로 앞쪽 배에 붙은 두 개에서 나왔다.

그래서 우리 형제들은 서로 엄마의 아래쪽 사타구니 근처의 젖꼭지를 차지하려고 기를 쓰고 싸웠다. 앞발로 끌어내고 머리통으로 밀쳐내고 몸통 전체를 앞으로 밀어서 엄마의 아래쪽 젖꼭지를 향해 엎어지고 뒤집히며 나아갔다. 한 녀석이 아래쪽 젖꼭지를 너무 오래 빨고 있으면 엄마는 몸을 뒤쳐서 다른 녀석에게 그 젖꼭지를 물려주었지만, 우리는 또 막무가내로 아래쪽 젖꼭지로 달려들었다. 젖꼭지를 물고 있는 녀석의 머리통을 앞발로 밀쳐내고 내 주둥이를 들이밀면 또 다른 녀석이 밑에서 치받으며 나를 밀어냈다. 그러면 또 나도 질세라, 네 다리를 버둥거리며 머리통을 들이밀었다.

우리 다섯이 한꺼번에 엄마 젖꼭지를 빨고 있을 때 엄마의 느낌이 어땠을지 모르겠다. 뱃가죽이 간질간질했을까. 온몸에서 물기가 줄줄 빠져나가는 느낌이었을까. 우리 다섯이 그렇게도 쉴 새 없이 빨아대는데, 엄마의 몸에서는 어떻게 그 많은 젖이 계속 쏟아져 나왔던 것인지, 나는 지금도 모른다. 내가 암놈으로 태어났더라면 나중에 엄마가 되어서 그 이치를 알 수가 있었겠지만, 나는 태어나 보니 수놈이어서 영영 그 비밀을 알 수가 없다.

엄마의 젖꼭지를 서로 차지하느라고 형제들끼리 밀쳐내고 올라타면서 버둥거리던 싸움이 내가 이 세상에서 배운 첫 공부였다. 공부라기보다는 저절로 그렇게 된 거였다. 내 몸뚱이를 비벼서 세상을 살아가야 한다는 것을 나는 그때 확실히 배웠다.

아직 눈을 뜨지 못해서 세상이 어떻게 생겼는지는 알 수 없었지만, 그때 세상은 몽실몽실하고 고소했다. 그리고 그 고소한 냄새의 안쪽에서 반딧불이 같은 불빛 하나가 깜빡이고 있는 것 같았다.

그토록 기를 쓰고 엄마 젖꼭지에 매달렸던 것은 다만 배가 고팠기 때문만은 아니다. 배가 부를 때도 엄마 젖꼭지를 물고 있으면, 내 몸이 아직 엄마 몸에서 떨어지지 않은 것처럼 아늑했다. 엄마 젖꼭지를 물고 있으면 내 어두운 마음의 밑바닥에서 깜박이고 있던 반딧불이 같은 불빛은 더욱 또렷이 빛나면서 다가왔다.

엄마 젖꼭지를 물고 있으면, 기어이 혼자서 이 세상과 몸을 부딪치면서 살아가야 한다는 것도 두렵게 느껴지지 않았다. 그게 개들의 엄마고 그게 개들의 자식이다. 개들만 알 수 있는 이야기다. 사람들은 알 수가 없다.

우우우우우…… 컹컹컹, 컹컹.

우리 엄마한테는 슬픈 이야기가 많다. 엄마 젖꼭지를 물고 있을 때, 그 한정 없는 따스함과 편안함 속에도 슬픔은 있었다. 그 행복과 곧 헤어져야 한다는 슬픔은 나중에 알게 되었지만, 그처럼 완벽한 평화 속에는 본래 슬픔이 섞여 있는 모양이었다. 젖을 물리고 젖을 빠는 개들끼리만 알 수 있는 슬픔이었다.

우리 엄마의 모든 슬픔은 엄마의 사랑에서 비롯되었다.

엄마가 우리 다섯 형제를 낳을 때, 맨 먼저 엄마 몸을 열고 세상에 나온 맏형은 앞다리가 부러져 있었다.

다섯 마리가 줄을 서서 차례로 나오는데, 맨 처음에 엄마의 문을 열었던 맏형은 죽을힘을 다해서 그 작은 앞발로 어둠을 헤쳤다. 그때 엄마는 새끼를 처음 낳는 젊은 개였다. 그래서 엄마의 문은 단단했고 쉽게 열리지 않았다.

맏형은 앞장서서 좁고 어두운 길을 헤쳐나가느라 기진맥진해버렸다. 그래서 엄마 몸의 마지막 문턱을 열어젖히다가 왼쪽 앞발을 삐었다. 맏형은 엄마 몸의 문턱에서 빨리 떨어져나오지 못하고 우물쭈물했다. 그때 엄마가 얼결에 맏형을 몸으로 깔고 앉았던 모양이다. 그래서 맏형은 앞다리가 부러졌다. 하지만 맏형이 그렇게 앞장서서 길을 열어주어서 나머지 우리 넷은 힘들이지 않고 엄마의 문을 빠져나올 수 있었다. 나는 세 번째로 나왔다. 부드럽게 빠져나와서 아무 힘도 들지 않았다. 먼저 밀고 나간 맏형 덕택이었다.

앞다리가 부러진 맏형은 엄마 젖꼭지를 차지하려고 다투는 우리 다섯 형제의 싸움판에서 번번이 밀려났다. 우리는 모두 눈 못 뜨고 더듬는 철부지들이었다. 맏형의 가엾은 사정을 알 리 없었고, 그저 엄마의 젖을 서로 먹으려고 아귀다툼을 했다. 맏형은 늘 밀려나서,

엄마의 젖꼭지 중에서 가장 맛도 없고 양도 모자란 맨 위쪽 젖꼭지만을 겨우 차지했다. 그렇게 하루 이틀이 지나니까 맏형은 점점 야위고 기력이 떨어져서 기어 다니지도 못했다.

엄마는 어떻게 해서든지 맏형을 좀 먹여보려고 무진 애를 썼다. 엄마는 한사코 엄마의 사타구니 쪽 젖꼭지로 파고드는 우리를 뒷다리로 내몰아버리고 맏형의 주둥이에 아래쪽 젖꼭지를 대주었다. 맏형은 젖꼭지를 대주어도 야무지게 빨아낼 힘이 없었다. 우리는 또 그 맏형을 밀어내고 엄마의 사타구니 쪽을 파고들면서 뒤집히고 엎어지고 버둥거렸다. 우리의 끈질기고 극성맞은 아귀다툼에는 엄마도 별수가 없었다. 엄마는 우리에게 젖을 빨리면서, 가마니 밖 땅바닥으로 밀려난 맏형의 목덜미를 물어서 가까이 옮겨놓고 긴 혀로 핥아주었다. 그러나 먹일 수는 없었다.

엄마의 혀는 길고 따스했다. 엄마는 맏형의 똥구멍이며 주둥이, 귓구멍 속까지 샅샅이 핥아주었다. 비쩍 말라서 기지도 못하는 맏형은 가랑이를 벌려서 엄마의 혀를 받으면서 가느다란 숨을 겨우 몰아쉬었다.

마당에서 햇볕이 끓는 봄날, 엄마는 맏형을 깨끗이 씻겼다. 눈곱과 오줌 싼 자리까지 핥아내고 잔털을 빗질하듯 혀로 가다듬어서 가지런히 뉘였다. 그러고 나서 엄마는 젖을 빨던 우리를 밀쳐내고 일어섰다. 엄마는 맏형의 덜미를 물고 마당으로 나가 우물가에 내려놓았다. 눈을 못 뜬 맏형은 봄볕이 힘들어 버둥거렸다.

거기서 엄마는 맏형을 삼켰다. 엄마는 맏형을 세상에 내보낸 것이 잘못되었거나 너무 일렀다고 생각했던 거다. 태어나며 앞다리가 부러진 맏형이 개의 한 세상을 몸으로 비비면서 살아내야 하는 것을 엄마는 견딜 수가 없었던 거다. 엄마는 맏형을 다시 엄마의 따스하고 축축한 몸속으로 돌려보내기로 작정했고, 맏형은 엄마의 몸속으로 다시 돌아갔다. 그렇게 맏형은 죽었다. 죽었다기보다는 제자리로 돌아갔다. 엄마의 몸속으로, 그 어둡고 포근한 곳으로.

그날, 엄마는 주인할머니한테 끌려가서 죽도록 매를 맞았다. 주인할머니는 싸리나무 회초리로 사정없이 엄마를 때렸고, 엄마는 엎드려서 주둥이를 땅에 박은 채 비명 한마디도 지르지 않고 모진 매를 다 맞았다.

—이런 찢어 죽일 놈의 똥개야. 새끼 낳았다고 밥을

곱절로 먹였는데 제 새끼를 잡아먹어!

잡아먹은 게 아닌데, 배를 채우려고 먹은 게 아닌데, 제자리로 돌려보낸 것인데…… 주인할머니는 그걸 잡아먹었다고 하면서 엄마를 마구 때린 것이다. 엄마가 조용히 몸을 대주자 주인할머니는 제풀에 꺾여서 매를 놓았다. 엄마는 기가 죽어서 꼬리를 축 늘어뜨리고 우리에게 돌아왔다.

얼마 뒤에 밭에서 돌아온 주인할아버지가 엄마를 또 끌어내 발길질을 했다.

—작년부터 동네가 뿌리 뽑혀 귀신 나올 것 같더니 이 똥개까지 몹쓸 짓을 하는구먼.

마을을 멀리 휘돌아나가는 강물을 막는 댐 공사가 거의 마무리되고 물이 차오르기 시작했다. 마을 사람들 대부분이 살던 터를 버리고 떠났고, 떠날 수조차 없는 몇 집이 남아 있었다. 포클레인이 주인 떠난 빈집을 밀어 부수었고, 마을은 쓰레기 더미로 변했다. 덤프트럭들이 마을을 드나들며 그 쓰레기를 실어 갔다. 남은 다섯 집도 결국은 내쫓길 판이었다. 강제로 쫓아내지 않더라도 동구 밖 느티나무 근처까지 물이 차오르면 도리 없이 어딘가로 떠나야 할 것이었다.

주인할아버지는 마을이 그 지경이 되어버린 분풀이를 우리 엄마에게 해댄 것이다. 엄마는 몸을 둥글게 웅크리고 주둥이를 땅에 박을 뿐 피할 길이 없었다.

주인할아버지는 주인할머니한테 역정을 냈다.

—이봐, 그러게 내가 지난여름에 팔아버리자고 했잖어!

주인할머니가 대답했다.

—종자가 워낙 좋으니까 새끼 한 배만 받아놓고 팔기로 한 거 아니오. 이제 팔든지 말든지 맘대로 하시구려. 만정 떨어져서 저걸 어찌 개라고 기를 수가 있겠소.

주인할아버지가 당장 엄마를 내다 팔지는 않았다. 주인할아버지는 개 욕심이 많아서 아직 눈도 못 뜬 새끼들에게 젖을 먹이고 있는 엄마를 서둘러 팔아버릴 수는 없었다. 우리가 젖을 뗄 때까지 엄마의 목숨을 보장받은 셈이었다. 엄마는 우리에게 젖을 먹여야 해서 죽음을 겨우 면했다.

매를 맞고 다시 개집으로 돌아온 엄마는 우리 앞에 누워 다리를 벌렸고 우리는 엄마의 젖꼭지를 향하여 머리통을 들이밀며 파고들었다. 엄마는 긴 혀를 빼물어 엎어지고 자빠지는 우리의 똥구멍과 귓구멍을 핥아주었다.

그것이 엄마의 본래 마음이다. 그러니까, 슬픔조차도 본래부터 저절로 그렇게 된 것이다. 엄마의 배 속으로 다시 들어간 맏형의 몸은 엄마의 영양분이 되고 엄마의 젖이 되어 눈도 못 뜬 우리의 목구멍 안으로 다시 넘어왔을 거다. 우리는 그 젖을 빨아 먹었다. 쪽쪽 빨아 먹었다.

우우우 우우…… 컹컹컹.

엄마의 슬픈 이야기는 이쯤에서 끝내겠다. 개로 태어난 나는 너무나 바쁘고 신바람 나고 공부할 것도 많아서 슬픔 따위에 오래 매달려 세월을 낭비할 수는 없었다. 무엇보다도 그럴 시간이 없었다.

　개는 태어난 지 열 달 만에 어른이 되어서 저 혼자의 힘으로 세상과 부딪치며 살아야 하기에 부지런히 공부하지 않으면 어른 개가 될 수 없다. 개는 눈코 뜰 새 없이 바쁘고 어릴 때는 더 바쁘다.

　개의 공부는 매우 복잡하다. 개는 우선 세상의 온갖 구석구석을 몸뚱이로 부딪치고 뒹굴면서 그 느낌을 자기 것으로 삼아야 한다. 그리고 눈, 코, 귀, 입, 혀, 수염, 발바닥, 주둥이, 꼬리, 머리통을 쉴 새 없이 굴리고 돌려가면서 냄새 맡고 보고 듣고 노리고 물고 뜯고 씹고 핥고 빨고 헤치고 덮치고 쑤시고 뒹굴고 구르고 달리고 쫓고 쫓기고 엎어지고 일어나면서 이 세상을 몸으로 받아내는 방법을 익힌다.

이 공부에는 한 치의 소홀함도 있어서는 안 된다. 못된 놈들을 쫓아서 달릴 때 땅을 잘못 디뎌서 발목을 한번 삐끗하면 개는 힘들어진다. 발목이 다 나을 때까지 집에서 엎드려 지내야 하니 견딜 수 없는 노릇이다. 그래서 한 걸음, 한 뜀이 목숨처럼 중요하다. 이것은 억지로 한다고 되는 공부가 아니다. 과외 수업을 받는다고 되는 일이 아니다. 칠판도 없고 책도 없는 공부다.

선생님은 많다. 이 세상의 온 천지가 개들의 선생님이다. 나무와 풀과 숲과 강과 안개와 바람과 눈비가 모두 개들의 선생님이고 세상의 모든 냄새와 소리가 개들의 선생님이다. 돌멩이와 먼지도 선생님이고 논두렁에서 말라붙은 소똥도 선생님이다. 개미나 벌이나 참새나 까치도 모두 선생님이다. 이 선생님들이 개들을 교실에 모아놓고 하나씩 붙잡고 가르쳐주는 것은 아니다. 개들은 이 많은 선생님을 찾아가서 함께 뒹굴면서 스스로 배우는 거다. 정확하고도 빈틈없는 공부다.

공부는 기초가 중요하다. 공부는 스스로 하려는 마음이 중요하다. 기초가 튼튼하지 않은 개는 좋은 개가 될 수 없다. 그래서 개들은 어렸을 때가 가장 바쁘다. 어린 개들은 잠시도 가만히 앉아 있지를 못한다. 워낙 바쁘니까. 나도 어렸을 때 그랬다.

이 공부를 끝까지 잘 해내려면 무엇보다 중요한 것이 신바람이다. 머리끝부터 꼬리 끝까지 신바람이 뻗쳐 있어야 한다. 신바람! 이것이 개의 기본 정신이다. 신바람이 살아 있으면 공부는 다 저절로 된다. 억지로 한다고 해서 되는 일이 아니다.

신바람은 어떻게 일어나느냐고? 이 세상을 향해 개들처럼 콧구멍과 귓구멍을 활짝 열어놓고 있으면 몸속에서 신바람은 저절로 일어난다. 어떻게 저절로 생겨나느냐고? 설명하자면 이렇다.

온몸의 구멍들을 활짝 열어놓고 있으면, 그리고 세상을 끝없이 두리번거리고 또 노려보고 있으면 귓구멍과 콧구멍 속으로 들어오는 이 세상의 냄새와 소리와 빛깔들이 너무나도 신기하고 기쁘고 또 두렵고 낯설고 새롭다. 사람들은 이걸 알아야 한다. 개가 건방진 소리한다고 나무라지 마라. 이건 실제로 내가 겪은 일이다. 내 콧구멍과 귓구멍과 내 몸속에서 실제로 일어났던 일이란 말이다.

개들의 공부가 여기서 다 끝나는 것은 아니다. 여기까지는 기초에 불과하다. 더 중요한 공부는 사람들의 슬픔과 고통을 정확히 알아차리고 무엇이 사람들을 기쁘게 하고 무엇이 사람들을 괴롭히는지를 재빨리 알아차리는 능력을 기르는 것이다. 말하자면 눈치가 빠르고 정확해야 한다.

신바람은 개의 몸의 바탕이고 눈치는 개의 마음의 힘이라고 말할 수 있겠다. 사람들은 남의 눈치를 잘 보는 사람을 치사하고 비겁하게 여기지만 그건 아주 잘못된 일이라고 나는 생각한다. 사람들도 개처럼 남의 눈치를 잘 살펴야 한다. 남들이 슬퍼하고 있는지 분해하고 있는지 배고파하고 있는지 외로워하고 있는지 사랑받고 싶어 하는지 지겨워하고 있는지를 한눈에 척 보고 알아차릴 수 있는 마음을 지녀야 한다는 말이다.

마음이 재빠르고 정확해야 남의 눈치를 잘 살필 수가 있다. 남의 얼굴빛과 남의 마음 빛깔을 살필 수 있는 마음의 힘이 있어야 한다. 부드러운 마음이 힘센 마음이다.

우리 엄마가 맏형을 삼켰을 때 주인할아버지와 할머니가 엄마를 마구 때리기는 했지만 그분들은 나쁜 사람들이 아니었다. 가난하지만, 정직하고 인정 많고 부지런한 사람들이었다.

우리 네 형제가 엄마 젖을 떼고 밥을 먹기 시작하자, 주인할머니는 먹다 남은 밥찌꺼기만 우리에게 준 것이 아니고 가마솥에 삶은 보리밥을 된장 국물에 말아서 따뜻한 밥을 만들어주셨다. 엄마가 우리에게 젖을 먹일 때는 엄마한테 따뜻한 미역국도 먹여주셨다. 원래 미역국은 사람들만 먹는 거라던데.

주인할머니는 우리 강아지들뿐 아니라, 이 세상에 목숨이 붙어 있는 모든 것을 귀하게 대하셨다. 고추밭을 맬 때 따라가서 들여다보면 주인할머니가 고추 모종 한 포기를 얼마나 소중히 다루는지 금방 알 수 있었다. 주인할머니는 우리 엄마가 새끼들을 기르듯이 고추 모종과 파 모종을 길렀다. 밭에서 돌멩이를 골라내고 잡초를 뽑아주고 가문 날에는 물을 주고 추울 때는 비닐로 덮어주었다.

할머니는 또 살림살이의 여러 물건을 알뜰히 아꼈다. 툇마루는 반들반들하게 걸레질을 쳐서 거울처럼 얼굴이 비칠 정도였다. 장독이 깨지면 내버리지 않고 테두리를 철사로 꽁꽁 묶어서 썼다. 내가 태어난 개집도 주인할아버지가 이웃 동네의 부서진 집에 가서 주워온 널빤지로 지은 것이다. 주인할머니는 술 마시러 나가려는 할아버지를 붙잡아놓고 막 야단을 쳐서 개집을 짓게 했다. 할아버지가 개집 안쪽에 비닐을 대서 겨울에도 틈새로 찬바람이 들어오지 않았다. 그게 다 주인할머니가 시켜서 주인할아버지가 만든 거다.

내 이름 '보리'도 주인할머니가 지어주셨다. 내가 생선뼈나 고깃덩어리보다도 주인할머니가 만들어주시는 보리밥을 더 잘 먹으니까 할머니는 그게 신통해서 내 이름을 '보리'라고 붙여주었다. 나뿐 아니라 우리네 형제가 모두 다 보리였다. 우리는 다들 보리밥을 잘 먹었으니까. 똥도 야무지게 쌌고.

나는 내 이름에는 별 관심이 없었지만 '보리'는 그래도 괜찮은 이름인 것 같았다. 이 산골 동네 개들의 워리나 누렁이나 검둥이나 흰둥이 같은 촌스러운 이름에 비하면 내 이름 '보리'는 멋쟁이 이름이다.

그처럼 착하신 주인할머니 할아버지가 우리 엄마를 마구 때린 것도 다 눈치가 모자랐기 때문이다. 사람의 마음으로 개의 일을 판단했기 때문이다. 눈치가 모자라면 생각도 짧아진다. 그래서 우리 엄마한테 새끼를 잡아먹었다고 험한 말을 해대면서 엄마를 때린 거다. 아니 도대체 우리 엄마가 왜 새끼를 잡아먹겠는가! 그분들은 개의 마음으로 개의 일을 판단하지 못했고 개의 마음을 헤아리는 눈치가 전혀 없었다.

사람들은 대체로 눈치가 모자란다. 사람들에게 개의 눈치를 봐달라는 말이 아니다. 사람들끼리의 눈치라도 잘 살피라는 말이다. 남의 눈치 전혀 보지 않고 남이야 어찌 되건 제멋대로 하는 사람들, 이런 눈치 없고 막가는 사람이 잘난 사람 대접을 받고 또 이런 사람들이 소신 있는 사람이라고 칭찬받는 소리를 들으면 개들은 웃는다. 웃지 않기가 힘들다. 그야말로 개수작이다. 사람들 험담에 '지나가는 개가 웃을 일이다'라는 말이 바로 이거다.

개의 말이 너무 건방졌다면 미안하다. 하지만 내 입을 틀어막지는 말아주길 바란다.

사람의 눈치를 정확히 살피는 공부는 하루아침에 되는 게 아니다. 사람 곁에서, 사람이 주는 밥을 먹어가며, 또 가끔은 밥도 굶어가면서, 사람들의 기쁨과 슬픔을 나의 것으로 만들 줄 알아야 한다. 사람뿐 아니라 세상의 모든 나무와 풀과 벌레 들의 눈치까지도 정확히 읽어내야 한다. 그게 개의 도리고, 그게 개의 공부다. 그래서 개는 평생 공부를 계속해야 한다. 공부 이야기 자꾸 하면 아이들이 싫어하니까 그만하고 신바람 나는 이야기로 넘어가겠다.

　우우우 우우…… 컹컹컹, 컹컹.

2

마을

—아이고, 우리 강아지 이리 온.

　주인할머니가 나를 부르는 줄 알고 마루 쪽으로 달려갔다. 눈을 막 뜨고 나서 네발로 겨우 걸어 다닐 무렵이었다. 달려가보니까 주인할머니는 나를 부른 게 아니었고, 돌을 막 지난 손자를 부른 것이었다. 나는 좀 섭섭했지만 내가 개라는 걸 생각하고 꾹 참았다. 돌배기가 뒤뚱거리는 걸음마로 걸어와서 할머니에게 안겼다. 어느 바닷가 마을에 사는 주인할머니 작은아들의 첫아들이었는데, 가끔 할머니 할아버지 집에 맡겨졌다.

　내가 보리라는 이름을 갖기 전에 주인할머니는 나를

부를 때도 강아지라고 불렀고 손자를 부를 때도 강아지라고 불렀다. 그래서 나는 가끔 헷갈렸다. 할머니 마음에는 둘 다 비슷하게 느껴졌던 모양이다. 그때는 나도 주인집 손자아기처럼 겨우 걸음마를 시작할 무렵이었다. 댓돌 위에서 내려올 때도 앞발을 헛디뎌 나동그라졌다. 그러니까 그 꼴이 둘 다 비슷했을 수도 있다.

나는 마루 아래서 주인할머니를 쳐다보면서 꼬리를 흔들었다. 좋은 일이 있을 때는 꼬리가 저절로 흔들린다.

—이놈아, 널 부른 게 아니야.

하면서도 할머니는 팔을 뻗어서 나를 품에 안았다. 할머니의 왼쪽 품에 내가 안기고 오른쪽 품에 아기가 안겼다.

아아, 나는 그때 사람의 냄새를 처음으로 맡았다. 놀랍고도 기쁜 냄새였다. 무어라 말할 수 없이 정답고 포근해서 눈물겨운 냄새였다. 아기의 입과 머리통에서는 삭은 젖 냄새가 풍겼는데, 달콤하면서도 시큼했다. 그 냄새는 이 세상에 막 태어난 것들의 냄새였는데, 여리고 부드러웠다.

주인할머니 품에서는 깊고도 구수한 냄새가 났다. 먼 데서부터 다가와서 내 콧구멍과 몸속을 가득 채우

마을

는 냄새였다. 그 냄새는 사람 몸의 거죽에서 나오는 냄새가 아니라 몸속에서 오랫동안 절여진, 아주 튼튼한 냄새였다. 할머니의 몸 냄새는 내가 콧구멍을 벌렁거리며 빨아들이지 않아도 저절로 내 몸에 스몄다. 주인집 부엌의 오래된 장작 아궁이나 구들장 밑에서 나는 냄새 같았다. 햇볕이 쨍쨍 내리쪼일 때 오래된 밭에서 솟아오르는 흙냄새 같기도 했다.

나는 정신없이 할머니의 가슴이며 아기의 겨드랑 틈에 주둥이와 코를 들이박고 킁킁거렸다. 내가 태어나서 가장 기쁘고 가장 놀란 날이었다. 나는 혀를 길게 빼서 아기의 입언저리를 핥았다. 핥았는데, 먹을 것은 아무것도 없었고, 부드러운 아기 살갗의 느낌만 내 혓바닥에 와 닿았다. 나는 내가 개라는 걸 잊어버리고 자꾸만 아기의 목덜미며 머리통을 핥았다. 그러자 아기는 기겁하며 고개를 돌렸다.

—이 더러운 놈아, 저리 가.

할머니는 나를 품에서 떼어내 밀쳐냈다. 나는 깨갱, 비명을 지르며 마당 위로 나동그라졌다.

할머니의 품에 안겨 있던 그 짧은 동안에, 사람의 몸 냄새는 내 일생에 잊지 못할 느낌으로 몸속에 깊이 들어와 박혔다. 새로 태어난 사람의 냄새와 오래 산 사람의 냄새가 어떻게 다른 것인지도 그날 알았다. 사람의 몸 냄새 속에 스며 있는 사랑과 그리움과 평화와 슬픔의 흔적까지도 그날 모두 알게 되었다. 그 냄새는 모두 사랑받기를 목말라하는 냄새였다.

그날은 어린 나에게는 너무나도 벅찬 하루였다. 한꺼번에 공부를 너무 많이 해서 가슴이 터져 나갈 지경이었다. 신바람이 뻗쳐서 온종일 쩔쩔매면서 이리 뛰고 저리 뛰었다.

마을

나는 사람들의 일을 자세히는 모르지만 매일같이 온 마을을 싸돌아다니며 사람들을 냄새 맡고 눈치를 살펴서 마을의 일이 어떻게 돌아가고 있는지 대충은 안다.

댐에 물은 점점 차올라왔다. 내 주인집 마을뿐 아니라 이웃 마을까지 일곱 동네가 모두 물에 잠길 판이었다. 보상금을 받은 사람들은 논밭과 살던 집을 두고 모두 떠났다. 사람들이 떠나는 날 저녁에 마을에 남은 사람들은 마을회관 앞 공터에 모여 가마솥에 국을 끓여서 떠날 사람들에게 저녁밥을 먹였다.

이삿짐을 실은 트럭 한 대가 마을회관 앞에 서 있었다. 트럭 운전사는 자꾸 시계를 들여다보면서 빨리 가자고 재촉을 했지만, 떠나는 사람들은 냉큼 자리에서 일어서지 못했다. 여자들은 소맷자락으로 눈물을 닦으며 울었다.

　―자네들은 언제 떠날 건가?

　―아 글쎄, 궁둥이 붙일 자리를 마련해야 떠나지.

　―어서 서둘러. 물이 차면 길도 끊긴대. 길 끊기면 이사도 못 가.

　―자네 산소는 어쩔 것이여?

　―우리 산소는 자리가 높아서 당장 물이 들지는 않을 거여. 나중에 와서 옮겨야지.

　―아 시방 산소가 문제여? 산 사람 누울 자리도 없는데.

　―보상금 잔액은 챙겼는가?

　―저번에 군청 직원이 와서 반만 주고 갔어. 나머지 반은 나중에 주겠대.

　―보상금 몇 푼이 뭔 대수여. 그건 집값은 빼고 땅값만 쳐준 것 아니여.

　―다 쓰러진 집값 받아낼 생각은 없어. 허지만 수백 년 동안 갈아먹을 땅인데, 그걸 어떻게 두부모 잘라 팔 듯이 한 평에 얼마씩 쳐서 돈으로 바꿀 수가 있느냔 말

여. 수백 년 값은 왜 안 쳐주는 거여.

　─쓸데없는 소리 말어. 그런 소리 한다고 누가 들어주는 놈도 없어. 길 끊어지기 전에 어여 보따리나 싸.

　누구를 향해서 하는 말인지 알 수 없는 푸념을 사람들은 저희끼리 주고받았다.

　엄마와 아이들은 운전사 옆자리에, 아버지는 적재함 짐짝 위에 올라타고, 떠나는 사람들의 트럭은 떠났다. 나는 떠나는 트럭의 꽁무니를 따라서 큰길 입구까지 배웅을 나갔다. 움푹 파인 마을 앞 비포장 길을 트럭은 기우뚱거리며 달렸다. 짐짝 위에 올라탄 아저씨는 떨어지지 않으려고 난간을 붙잡고 쩔쩔맸고, 운전사 옆자리에 탄 아이들은 뒤를 돌아보며

　─아빠 조심해.

　라고 소리를 질렀다. 떠나는 사람들의 트럭이 어디로 가는지 나는 알 수 없었고, 큰길에서부터는 자동차들이 많아서 더 따라갈 수도 없었다. 먼지를 온통 뒤집어쓰고 다시 마을회관 앞으로 돌아왔더니 사람들은 그때까지도 화덕 둘레에 모여 앉아 어둠 속에서 무어라고 구시렁거리면서 술을 마시고 있었다.

　보상금을 받고 집과 논밭을 내준 사람들은 그래도

좀 나은 편이었다. 그보다 더 딱한 사람들도 있었다. 남의 집에 방 한 칸을 얻어서 세 들어 살던 사람들이다. 그 사람들은 땅주인도 아니고 집주인도 아니었다. 아무런 주인도 아니었기 때문에 아무것도 받을 것이 없었다. 그들은 이주지원금 몇 푼을 받고 마을을 떠났다. 빈손으로 떠난 거다.

그런 사람들은 손수레에 이불보따리와 텔레비전과 장독을 싣고서 남자가 앞에서 끌고 여자가 뒤에서 밀면서 떠났다. 아이들은 짐 위에 올라타 앉아 있었다. 내가 떠나는 손수레를 따라가며 배웅하자 아이들은 손을 흔들면서 좋아했다. 아이들은 강아지와 비슷하다. 등 굽은 할머니가 손수레를 따라와서 삶은 달걀 몇 개를 떠나는 아이들에게 주면서 울었다. 관청의 높은 사람들이 이따금 마을을 둘러보러 왔다. 안전모를 쓴 공사장 감독이 관청 사람들을 안내하면서 긴 쇠막대기로 이쪽저쪽을 가리키며 설명을 했다. 그 높은 사람들은 손수레에 짐을 싣고 떠나는 사람들이 어디로 가는지는 물어보지 않았다.

일곱 개 마을이 진입로까지 물에 잠기고, 마을을 연

마을

결하는 산길이 거의 끊어졌을 무렵에, 갈 곳도 없고 받을 것도 없는 노인 한 명이 물에 뛰어들어 죽었다. 물이 깊어서 시체를 건지지 못했다. 친척도 없었는지 아무도 찾아오는 이가 없었고, 사람들의 자취가 끊어져 가는 마을에서는 노인의 장례를 치를 수도 없었다. 노인은 이 세상에 처음부터 없었던 사람처럼 그렇게 물속으로 사라졌다.

나는 마침 물가에 나가서 어슬렁거리다가 노인이 물에 뛰어드는 모습을 보았다. 노인이 뛰어든 물 쪽을 한참 동안 노려보고 있어도 노인은 물 위로 떠오르지 않았고 물 위에는 바람만 불었다. 아무 일도 없었던 것처럼, 주름이 번져가는 물 위를 향해 나는 우우우 우우, 컹컹컹 짖어주었다.

개보다 사람들이 더 불쌍해 보일 때가 많다. 불쌍해 보일 때, 사람들의 어깨는 힘이 빠진다. 어깨를 늘어뜨리고 고개를 숙이고 눈동자의 초점이 흐려지면 그건 사람들이 슬퍼하고 있는 거다. 사람들은 따스한 집과 옷과 밥이 없으면 살 수가 없다. 사람들은 부모 형제와 이웃과 논밭이 없으면 살 수가 없다. 그래서 사람들은 집을 짓고 모여서 마을을 이루고 우물을 파고 땀 흘려 논밭을 일군다. 또 죽은 사람을 잊지 못해서 산소를 만들고 모여서 제사를 지낸다.

사람들은 개처럼 저 혼자의 몸으로 세상과 맞부딪치면서, 앞다리와 뒷다리와 벌름거리는 콧구멍의 힘만으로는 살아가지를 못한다. 나는 좀 더 자라서 알았다. 그것이 사람들의 아름다움이고 사람들의 불쌍함이고 모든 슬픔의 뿌리라는 것을.

사람들이 한 집 두 집씩 트럭이나 손수레에 짐을 싣고 마을을 떠나자 포클레인이 빈집들을 부수었다. 마을은 가루가 되었다. 사람들이 그토록 아끼던 집과 땀 흘려 농사짓던 논밭이 물에 잠겼다. 사람들이 다 떠나면 무덤들도 수몰될 판이었다. 산이 통째로 물에 잠길 즈음이 되자, 나무장수들이 몰려와 산을 파헤치고 아름드리나무를 뽑아 갔다. 푸르던 산은 피를 흘리듯이 빨간 속살을 드러내며 물에 잠겨갔다.

시퍼런 물이 날마다 마을을 향해 조금씩 기어올라왔고, 예전에 산꼭대기였던 자리가 물 위에 섬처럼 떴다. 물은 무서웠고 들뜬 비린내를 풍겼다. 뭐든지 갑자기

마을

억지로 생겨난 것들의 냄새는 늘 찌를 듯이 날카롭다. 나는 그 물가에 여러 번 나가봤지만 무서워서 헤엄을 치지는 못했다.

그 시퍼런 물가에 아직도 떠나지 못한 다섯 집이 남아 있었다. 남은 사람들은 머지않아 거두지도 못하고 떠나야 할 밭에 콩이며 고추며 깨를 심었고 잡초를 뽑아냈다. 저녁이면 기진한 사람들이 느티나무에 모여서 마을의 목을 조여오는 그 징그러운 물을 바라보았다. 내 주인집은 그렇게 남은 다섯 집 중 하나였다.

이게 내가 태어난 마을이다. 마을의 이름을 나는 모르지만, 거기가 나의 고향이다.

고향에서 자라날 때, 나는 그야말로 눈코 뜰 새 없이 바빴다. 형제들과 몸을 포개고 자는 잠은 포근했고, 자고 나면 날마다 내 어린 몸속에 기쁨이 가득 찼다. 봄볕이 내리쬐는 흙마당에서 우리 네 형제의 목숨은 빛나는 보석과 같았다. 세 마리는 털이 누렸고 한 마리는 하얬다.

나는 누런 털로 태어났다. 봄의 흙은 향기로웠고, 그 흙 속에 고소하고 따스한 봄볕이 스밀 때 우리 네 마리는 기쁨을 참지 못해 흙에 몸을 비비며 뒹굴었다. 잠시도 가만히 앉아 있을 수가 없었다. 입안이 근질거리고 좀이 쑤셔서 주인집 댓돌에 놓인 신발짝을 물어와서 마구 깨물었고, 빨랫줄에 널린 빨래를 잡아당겨놓고 그 위에서 뒹굴었다. 신발짝에서는 사람들의 땀 냄새와 먼지 냄새가 뒤섞인 수고스러운 냄새가 났고, 바짝 마른 빨래에는 향긋한 사람 냄새와 고소한 햇볕 냄새가 섞여 있었다.

그 장난을 하다가 주인할머니한테 매도 많이 맞았지만, 장난질을 멈출 수는 없었다. 바람이 사타구니께를 간질이면 나는 기뻐서 자지러질 듯이 땅바닥에 나동그라졌다. 바람 부는 쪽을 향해 콧구멍을 벌름거리며 앉아 있기만 해도 온몸에 신바람이 뻗쳤다.

내 코는 새까맣다. 새까만 구두약을 칠해놓은 것처럼 윤기가 흐른다. 늘 축축하게 젖어 있고, 만져보면 차갑다. 콧구멍은 정면을 향해 뻥 뚫려 있고, 돼지코처럼 벌렁거린다.

구멍 속은 길고 좁은데, 구멍은 밖을 향해 점점 넓게 벌어져서 세상의 온갖 냄새를 빨아들이기에 알맞다. 이 콧구멍이 위로 쳐들린 들창코는 좋지 않다. 들창코들은 머리를 숙이고 바삐 달릴 때 땅의 냄새를 정확히 맡기가 어렵다. 달릴 때, 땅의 온갖 냄새를 빠르게 분별하지 못하면 길을 잃기 쉽다. 다 같은 진돗개라도 들창코들은 모자란 축에 든다.

봄의 언덕 위에서 익어가는 보리 냄새와 바람에 실려오는 꽃핀 숲의 냄새가 이 뻥 뚫린 콧속으로 스며들어왔다.

냄새에도 거리가 있다. 먼 냄새가 있고 가까운 냄새가 있다. 독한 냄새가 다 가까운 냄새가 아니고 엷은 냄새라고 해서 먼 냄새가 아니다.

먼 냄새는 냄새의 알맹이가 엉성해서 넓게 퍼져서 다가오고 가까운 냄새는 알맹이가 촘촘해서 콧구멍 속을 가득 메우면서 들어온다. 먼 냄새가 들어올 때 콧구멍 속은 풀어지고 가까운 냄새가 들어올 때 콧구멍 속은 조여진다.

어렸을 때 나는 먼 냄새를 분별해내기가 힘들었다. 멀리서부터 바람결에 실려오는 냄새가 꽃핀 숲속 냄새인지, 봄에 녹아 흐르는 시냇물 냄새인지, 먼 산속에 노루나 멧돼지들이 싸놓은 똥 냄새인지 분간하기 어려웠다. 풀어져서 뒤섞인 냄새들이 서로 엉키고 스몄다.

그런 냄새가 멀리서 풍겨오면 나는 그 냄새 나는 곳을 찾아서 온종일 산과 들을 쏘다녔다. 그러나 어디서 그런 냄새가 나오는지는 알아내지 못했다. 여긴가 싶으면 저기고, 저긴가 싶어서 달려가면 거기도 아니었다. 그래서 종일 달리고 또 달렸다.

　─저놈의 개도 제 아비를 닮아서 집은 안 지키고 밖으로만 쏘다닐 모양이다. 어린 게 싹수가 빨해.

　저녁 늦게 집으로 돌아오면 주인할머니는 그렇게 야단을 쳤지만 나는 못 들은 척했다. 내 아비가 어땠는지는 나는 물론 알 수가 없었다.

　먼 냄새는 늘 나를 설레고 들뜨게 했다. 먼 냄새는 종잡을 수 없다. 가까운 곳에서 쥐들의 냄새나 두더지의 냄새가 풍기면 쫓아가서 땅을 헤집고 찾아볼 수 있지만, 먼 냄새는 어떻게 해볼 도리가 없다. 파헤치거나 달려들 수 없었고 물어뜯을 수 없었다.

　우리 진돗개 조상들의 고향은 먼 남쪽 바다의 섬이다. 멀리서 바람결에 실려오는 숲이나 개울의 냄새를 맡으면 내 마음속에는 한 번도 가본 적 없는 그 섬의 산과 들이 떠오르곤 했다. 그 섬에서, 사람들과 오랫동안 함께 살아서 마침내 사람의 표정을 닮아버렸다는 진돗개 조상들의 얼굴도 떠올랐다.

　뜨거운 여름 낮에는 햇볕을 받는 흙에서 삭정이가 타는 냄새가 났고 저녁 공기는 나무들의 향기로 가득 찼다. 밤이 깊어지면 그 향기에 물비린내가 겹쳤다. 아무것도 보이지 않는 캄캄한 그믐밤에도 먼 냄새는 이 세상에 가득 찼다.

나는 가끔 밤새도록 그 먼 냄새 속을 쏘다녔다. 그런 밤중에, 하늘엔 별들이 총총히 박혀 있었다. 별들을 쳐다보면 와글거리는 소리가 들리는 것 같았는데, 귀 기울여도 소리는 들리지 않았다. 이 세상을 가득 메운 이 먼 냄새가 별에서 오는 것인가 싶어서 별을 향해 콧구멍을 쳐들어도 별로부터는 아무런 냄새도 오지 않았다. 그래서 또 들판을 마구 달렸는데, 아무리 달려도 별들은 가까워지지 않았다.

얼굴 여기저기서 수염이 돋아나던 시절의 기쁨을 말하겠다. 내 수염은 양쪽 눈두덩이 위에 두 개씩, 주둥이 양쪽에 다섯 개씩, 그리고 턱 아래쪽에 몇 개, 앞가슴에 두 개가 돋아났다. 처음에는 수염이 나오는 자리가 근질근질하더니 거기에 사마귀 같은 티눈이 잡혔다. 수염은 그 티눈 속에서 돋아나왔다.

눈 위에 난 수염은 길고 부드러웠고, 턱과 주둥이 쪽에 돋은 수염은 뻣뻣했다. 캄캄한 밤중에 숲속에서 오소리나 너구리가 빨리 스치고 지나갈 때 내 눈 위의 수염은 그 흔들림을 알아차렸다. 눈 위의 수염은 풍향계와도 같고 안테나와도 같아서 멀리서 움직이는 물체의 기척을 알려주었다. 그러나 그 물체가 무엇인지까지는 알아차릴 수 없었다. 수염에 감이 오는 동시에 코를 벌려서 냄새를 들이마셔야 지금 막 스치고 지나간 놈이 너구리인지 오소리인지 여우인지를 알 수 있었다.

또 눈 위의 수염은 못된 놈들을 쫓아서 달릴 때 바람의 방향을 정확히 알려주었다. 이 수염은 길고도 부드러워서 바람의 작은 흔들림도 빈틈없이 잡아냈다.

멀리 보이는 보리밭이 바람에 파도처럼 흔들릴 때, 내 눈 위의 수염도 함께 흔들렸다. 내 눈 위의 수염은 늘 나무와 풀을 흔드는 바람과 함께 흔들렸다. 가슴에 난 수염도 길었는데, 가슴수염은 낮게 깔리면서 스쳐가는 공기의 흐름을 잡아냈다.

수염 자랑을 좀 더 해야겠다. 양쪽 주둥이와 턱 밑에 난 수염은 내가 땅을 파고 헤집을 때 더듬이 역할을 해주었다. 수염을 땅이나 돌멩이에 대보면, 어느 쪽 흙이 부드럽고 어느 쪽 흙이 딱딱한지를 대번에 알 수가 있었다. 그래서 부드러운 쪽을 파들어간다.

또 수염을 나무토막에 대보면, 나무의 나이테 결이 모두 느껴져서 어느 부분을 물어뜯어야 나무를 쪼갤 수 있는지를 바로 알 수가 있었다. 앞발을 넣을 수 없는 쥐구멍 안으로 우선 턱밑수염을 들이밀고 한 바퀴 더듬어보면 그 쥐구멍 내부의 구조가 환히 떠올라서 어디를 어떻게 부수어야 하는지를 알 수 있었다.

수염이 다 자라자 나는 이 세상을 더욱 확실하게 내 몸속으로 끌어들일 수 있었고, 세상을 내 몸처럼 정확히 이해할 수 있었다. 나는 수염을 애지중지 아꼈다. 땅바닥에서 뒹굴 때나 못된 놈들과 싸울 때도 수염이 잘리지 않도록 조심했고 밥을 먹고 나면 반드시 주둥이를 땅에 비벼서 턱수염에 붙은 밥알을 털어냈다.

수염은 늘 싱싱하고 꼿꼿해야 한다. 더러운 것들이 묻어 있으면 안 된다. 개집 안에 앉아서 문밖으로 머리통만 내밀고 있어도, 나는 세상 돌아가는 눈치를 대충은 알 수가 있었다. 내 자랑을 너무 해서 민망하지만 한마디도 부풀리지는 않았다.

물은 정자나무 밑동까지 올라왔다. 주인할머니의 아래쪽 밭이 물에 잠겼다. 고향을 떠나 있던 주인할머니의 두 아들이 집에 와서 이삿짐을 꾸렸다.

　떠나기 전날 엄마는 개장수한테 팔려 갔다. 그때 우리 네 형제는 생후 넉 달을 넘긴 중개들이었다. 내 형제 둘은 공사장 인부들이 끌어갔고 막내는 엄마가 팔려 갈 때 덤으로 딸려 갔다. 엄마와 막내는 개장수의 용달차에 실린 철망에 갇혀서 마을을 떠났다. 떠날 때 엄마는 마을 쪽을 향해서 우우우우 짖었다.

　—저런 빌어먹을 놈, 기어이 한마디 하고 가는구나. 사람 오장을 뒤집어놓고 가네.

주인할아버지는 팔려 가는 엄마를 욕했는데, 욕지거리도 슬프게 들렸다.

나는 외톨이가 되었지만 수염이 다 자라고 이빨도 다 돋아났고 주둥이의 무는 힘도 세져서 세상이 무섭지는 않았다.

주인집 큰아들은 보상금으로 받은 돈을 밑천 삼아 도시에서 작은 슈퍼마켓을 차려놓고 있었고, 일찌감치 고향을 떠난 작은아들은 서해안의 어느 바닷가에서 고기를 잡는 어부가 되어 있었다.

주인할머니와 주인할아버지는 큰아들이 모셔가고 나는 작은아들을 새 주인으로 모시고 서해안의 바닷가 마을로 가게 되어 있었다. 이 작은아들이, 내가 처음으로 사람 냄새를 맡은 그 아기의 아버지였다. 나는 고향을 떠나는 것이 섭섭하기도 했지만, 바닷가 새집에서 새 주인을 모시고 아기와 함께 사는 것도 나쁘지 않다고 생각했다. 개들은 언제나 지나간 슬픔을 슬퍼하기보다는 닥쳐오는 기쁨을 기뻐한다.

주인할머니는 마지막 순간까지 마을을 떠나지 못하겠다고 소리치며 울었다. 주인할아버지와 두 아들이 달랬으나 그치지 않았다.

—이놈들아, 난 못 간다. 난 내 고향에서 물에 빠져 죽을란다.

가장자리가 벌써 물에 잠기기 시작한 배추밭에 주저앉아 주인할머니는 어린 배추를 쥐어뜯으며 울었다. 늙은 할머니는 울음소리도 메말라서 목구멍이 찢어지듯이 끼룩끼룩했다.

—어머니, 갑시다. 보상금도 다 받았잖아요. 이런다고 더 나올 게 없어요.

큰아들이 주인할머니를 달랬다.

—돈은 너 다 가져라. 난 이 배추로 김장 담가 먹고 내 고향 물귀신이 될 거여.

주인할머니는 손수 심은 배추를 뽑아서 내던지며 울었다.

—못 가, 못 가, 난 못 가. 여기가 내 땅이지 뉘 땅이냐. 날 죽이고 가라, 이놈들아.

주인할아버지는 말없이 트럭에 짐을 실었다. 큰아들네는 아파트였기 때문에 주인할머니가 철사로 동여맨 장독이며 가마솥은 모두 버렸다. 짐은 얼마 되지 않았다. 주인할아버지가 짐을 다 싣도록 주인할머니는 밭고랑에 주저앉아 땅을 치며 울었다.

주인할아버지가 작은아들한테 말했다.

─넌 갈 길이 머니 먼저 떠나거라. 난 네 어미 잘 달래서 나중에 떠날란다. 저러다가 말겠지. 무슨 도리 있간.

작은아들이 주인할머니에게 다가갔다.

─어머니, 이러지 마세요. 다른 식구들 마음도 헤아려보세요. 전 갈 길이 멀어서 먼저 갑니다.

─가라, 가. 다 가란 말이다. 난 안 가. 난 못 가. 내가 왜 가?

작은아들은 나를 안아서 자동차 뒷자리에 실었다. 차에서는 휘발유 냄새가 났고, 차에 오르자마자 속이 메슥메슥해서 토할 것만 같았다.

작은아들이 자동차 시동을 걸어서 집 마당을 벗어났다. 돌아보니, 주인할머니는 여전히 밭고랑에 주저앉아 울고 있었고, 주인할아버지가 할머니 옆에 우두커니 서서 물을 바라보며 담배를 피우고 있었다.

나는 그렇게 고향을 떠났다. 아무런 인연도 없이 어쩌다가 내가 태어난 고향, 그러나 나에게 모든 소리와 냄새와 빛깔들을 가르쳐준 내 어린 시절의 고향은 물에 잠겼다.

　고향을 떠날 때 나는 세상이 무섭지 않았다. 나는 어린 강아지가 아니었다. 나는 이미 발바닥에 단단한 굳은살이 박혀 있는 당당한 청년이었다.

　새 주인집으로 가는 자동차 안에서 발바닥을 핥아보니 내 발바닥 굳은살은 훌륭했다. 물에 잠긴 고향의 산과 들을 뛰어다니면서 단단해진 굳은살이었고, 그 굳은살은 지금은 물에 잠겨 사라진 고향 땅이 나에게 준 값진 선물이었다.

3

갯벌

진돗개는 어렸을 적 주인을 영원한 주인으로 섬기기 때문에 믿음직하다고 사람들은 우리를 칭찬한다. 틀린 말은 아니다. 그러나 나는 다르다. 나에게는 현재의 주인이 영원한 주인이다. 주인이 가끔 바뀔 수도 있는데, 어떻게 지금의 주인이 영원한 주인일 수가 있느냐고 묻는 사람들은 개의 마음을 모르는 자들이다. 개에게 중요한 것은 언제나 현재일 뿐이다. 그래서 주인이 바뀌어도, 지금의 주인이 영원한 주인이라는 말은 개들의 나라에서는 맞는 말이다.

'영원'이라는 말은 사람들이 만들어낸 말인데, 개들의 나라에서 '영원'이라는 말은 한 주인 곁에 끝까지

눌어붙어 있다는 뜻이 아니라, 현재의 주인을 향한 마음이 '영원'하다는 뜻이다.

개를 잡아먹기도 하고 팔기도 하고 또 남에게 주기도 하면서 어찌 사람들은 개가 한때의 주인을 영원한 주인으로 섬겨주기를 바랄 수 있는가. 그건 염치없는 일이다. 나는 사람들의 그 염치없음을 탓하는 것이 아니라, 현재의 주인을 영원한 주인으로 섬김으로써 사람들의 그 염치없는 바람이 틀렸다는 것을 가르쳐주려 한다.

주인이 가끔 나를 꾸짖고 구박해도 주인이 나를 먹여주고 재워주고 쓰다듬어주고, 주인의 몸에서 사람의 기쁨과 슬픔의 냄새가 풍기는 한 지금의 주인이 영원한 주인이다. 이 말은 내가 지나간 시절의 주인을 배반한다는 말이 아니다. 지나간 날들은 개를 사로잡지 못하고, 개는 닥쳐올 날들의 추위와 배고픔을 근심하지 않는다.

내 청춘의 날들이 시작된 갯가 마을에서, 바다는 넓었다. 나는 바다로 달려들었으나, 갯벌에 발목이 빠져서 나아갈 수 없었다. 수없이 갯벌에 빠지고 나서야, 바다는 개들이 건너갈 수 없고 개들이 밟을 수 없는 큰물이라는 것을 나는 알았다. 내가 건널 수 없는 바다는 내 눈앞에서 아득하고 찬란했으며, 멀고도 싱싱한 시간으로 가득 차 있었다.

갯가 마을에서 사람들은 배를 타고 바다로 나아갔다. 나의 새로운 주인님도 배를 타고 바다로 나아가 고기를 잡는 어부였다. 주인님의 배는 2톤짜리 연안 채낚기 목선이었다. 승용차 두 대를 합쳐놓은 크기였다.

20마력짜리 2기통 엔진으로 동력을 앉혔는데, 굴뚝이 통통거리며 푸른 고리연기를 토해냈다. 대나무 장대 끝에서 해진 깃발이 나부꼈다. 전등은 한 개였고 무선기는 없었다.

주인님의 배는 너무 작고 힘이 약해서 밀물이 달려들 때는 바다로 나아가지 못했다. 주인님은 썰물이 시작하는 때를 기다려서, 밀려나가는 물 위에 올라타서 바다로 나아갔다. 썰물 때는 넓은 갯벌이 드러났다. 그 갯벌 한복판으로 긴 갯고랑이 파이고 거기에 바닷물이 고였다. 밀물 때 주인님의 배는 갯고랑을 따라서 포구로 돌아왔다.

주인님은 물결 높은 먼바다까지는 가지 못하고 무인등대 너머 정치망 어장까지 가서 그물 안으로 들어온 물고기 몇 마리를 건져오거나 고기떼들이 포구 쪽으로 가까이 다가오기를 기다렸다가 그물을 던지거나 낚시질로 몇 마리씩 잡아 올렸다.

주인님의 배는 닻이 없어서, 물 위에 뜬 배를 물 밑 바닥에 고정할 수 없었다. 바다에 떠서 고기를 잡을 때 주인님은 배가 물결에 떠내려가지 않도록 배꼬리에 물풍선을 폈다. 물풍선은 낙하산처럼 생긴 바람자루인데, 이 풍선을 물결의 방향과 반대쪽으로 펼쳐놓으면 배가 물결에 떠내려가지 않았다.

주인님은 늘 혼자서 배를 몰고 바다로 나아갔다. 주인님뿐 아니라 이 마을의 어부들은 모두 작은 배를 한 척씩 끌고 혼자서 바다로 나아갔다. 품삯이 비싸서 사람을 쓸 수가 없었다. 그래서 작은 고깃배 안의 모든 고기잡이 장치들은 혼자서도 일을 할 수 있도록 마련되어 있었다.

주인님의 배는 2톤짜리 작은 배였지만, 그 안에는 엔진이 있고 전진·후진 기어가 있고 핸들이 있고 추진기가 있고 가속기가 있고 굴뚝도 달려 있었다. 또 양재기로 갓을 씌운 전등도 있고 낚싯줄을 감아올리는 도르래와 그물을 끌어당기는 갈고리도 있었다. 배 바닥에는 잡은 생선을 살려서 가두어놓는 어창도 있었다. 엔진 옆에는 비 오거나 바람 불 때 주인님이 들어가 쉬는 선실도 있었는데, 주인님의 선실은 내 집보다 조금 컸다. 주인님의 배는 모든 것을 다 갖춘, 살아 있는 짐승처럼 보였다.

밀물과 썰물 사이에서, 주인님은 그 배를 몰고 바다로 나아갔다. 주인님은 날마다 바뀌는 물때를 따라 움직였으므로 주인님이 나가고 들어오는 시간은 일정치 않았다. 밤중에 나가 새벽에 들어올 때도 있었다. 그럴 때 주인님은 밤새 혼자서 캄캄한 바다 위에 떠 있다가 동틀 무렵에 물고기 몇 마리를 싣고 포구로 돌아오곤 했다.

주인님이 배를 몰고 바다로 나갈 때 나는 늘 선착장까지 따라 나갔다. 나는 방파제 위에 앞다리를 올려놓고 사람처럼 똑바로 서서 멀어져가는 배를 바라보았다.

멀리 나아갈 수 없는 주인님의 배는 내 시야에서 사라지지 않았다. 주인님의 배는 수평선 안쪽에서 한 개의 점으로 흔들리면서 거기서 고기를 잡았다. 밤에, 방파제에서 바라보면 주인님의 등불은 바다에 뜬 반딧불이처럼 깜박거렸다. 등불 여러 개가 바다에 뜨는 밤에도 나는 주인님의 등불을 알아볼 수 있었다.

물 위에 뜬 주인님은 휴대전화로 배가 포구에 돌아와 닿는 시간을 주인아주머니께 알렸다. 사람들의 휴대전화는 아름다워 보였다. 새벽잠에서 깬 주인아주머니는 휴대용 가스버너와 라면 끓일 준비를 해서 선착장으로 나가 남편을 기다렸다. 나는 주인아주머니 뒤를 따라서 새벽의 선착장으로 나갔다.

새벽이 밝아오면 주인님의 등불은 흐려졌다. 안개 밑으로 갯고랑에 물이 흘렀고 주인님의 배는 갯고랑 물줄기를 따라 해진 깃발을 펄럭이며 다가왔다. 굴뚝에서 푸른 고리연기가 퍼져 나왔다. 괭이갈매기들이 주인님의 배를 둘러싸고 퍼덕거리면서 따라왔다. 새들의 날개에서 아침의 빛이 부서졌고 차가운 안개 속에 바다 냄새가 스며 있었다. 나는 새벽안개를 몸속 깊이 들이마시며 주인님의 배가 닿기를 기다렸다.

주인님의 배는 무인등대 사이를 지나서 포구로 다가왔다. 주인님의 배가 선착장에 닿을 때 나에게는 중요한 일이 있었다. 그것은 주인님이 선착장으로 던지는 밧줄을 물어서 고리를 쇠말뚝에 거는 일이었다. 주인님이 배를 고정하려면 배에서 밧줄을 던져 그 고리를 선착장에 박혀 있는 쇠말뚝에 걸어야 하는데, 흔들리는 배 위에서 걸기는 쉽지 않았다. 내가 그 밧줄을 물어서 고리를 쇠말뚝에 끼워 넣으면 주인님은 밧줄을 손으로 당겨서 배를 접안시켰다.

배가 선착장으로 가까이 다가오면 뱃전에서 밧줄을 말아 들고 있던 주인님은 나를 소리쳐 불렀다.

─보리, 보리, 보리.

내가 장난삼아 방파제 뒤에 숨어 있으면 주인님은 더 큰 소리로 나를 불렀다.

—보리, 보리. 이놈아, 안 나왔냐!

나는 더는 장난칠 수가 없었다. 나는 총알처럼 몸을 날려 선착장 끝 쪽으로 달렸다. 나는 주인님의 밧줄이 떨어질 자리를 미리 헤아려서 대기했다. 나는 밧줄이 땅에 닿기도 전에 공중으로 뛰어올라 밧줄 고리를 물어서 쇠말뚝에 걸었다.

배에서 내릴 때 주인님 몸에서는 경유 냄새가 났다. 주인님 배에서 나는 냄새와 같았다. 그래서 나는 주인님 몸과 주인님 배가 한가지라는 걸 알았다. 주인님은 배 안에서 늘 엔진을 주무르고 있었으므로 경유가 타는 냄새가 몸에 젖어든 것이다.

주인님 몸에서 나는 경유 냄새는 고단하고도 힘찬 냄새였는데, 어딘지 쓸쓸한 슬픔도 느껴졌다. 나는 그 경유 냄새를 아침바다의 차갑고 싱싱한 안개 냄새보다 더 사랑했다. 그것은 일하는 사람의 냄새였고, 내가 지키고 따르고 사랑해야 하는 냄새였다.

돌아오는 주인님이 뱃전에서 밧줄을 들고

—보리, 보리, 보리.

하고 나를 부를 때 나는 개로 태어난 운명이 행복했다. 나는 내 이름에 자부심을 느꼈다. 사람들이 나에게 지어준 이름 따위에 아무런 관심도 없다고 나는 말한 적이 있지만, 그것은 철부지 강아지 시절에 잘난 척하느라고 마구 지껄여댄 말이다. 주인님이 보리! 하고 나를 부를 때, 나는 비로소 이 세상의 수많은 개 가운데 한 마리가 아니라 주인님의 개가 될 수 있었다. 나는 개가 아니라, 개인 동시에 '보리'인 개였다. 내 이름이 있으므로 나는 '보리'고, 그래서 나는 주인님의 밧줄을 받을 수 있게 된 것이다. 자라고 나서 비로소 이걸 알게 되었다.

주인님이 잡아 오는 물고기는 그야말로 한 옴큼이었다. 바다에 물고기의 씨가 말랐고, 그나마도 먼바다에서 1천 톤 이상 나가는 커다란 배들이 모두 다 걷어가서 어쩌다가 가까이 다가오는 눈먼 물고기 몇 마리가 주인님 차지였다. 광주리 속에서, 주인님의 물고기 몇 마리가 팔딱거리면서 아침햇살을 퉁겨냈다.

잡아 온 물고기가 워낙 적었으므로 주인님의 물고기는 수협위판장으로 가지 못했다. 시장에서 광주리장사를 하는 노점상들이 주인님의 물고기를 사려고 새벽 선착장에서 기다렸다. 노점상들은 주인님의 물고기를 저울에 달아서 가져갔고, 주인님은 때 묻은 지폐 몇 장을 받았다. 돈을 셀 때 주인님의 손가락은 떨렸고, 밤을 새운 눈까풀에 경련이 일었다.

물고기를 팔아넘겨도 주인님의 그날 일이 끝난 것은 아니었다. 주인님은 다시 배로 건너가 그물을 손질하고 엔진에 기름을 치고 배 바닥을 물로 닦아냈다.

주인아주머니가 선착장에서 라면을 끓여서, 추운 바다에서 돌아온 남편에게 먹였다. 다른 집 아주머니들도 모두 선착장에 나와서 라면이나 장국을 끓여서 배에서 돌아온 사내들과 함께 먹었다. 새벽 선착장에서 사람들이 나누어 먹는 라면 냄새는 내 생애 가장 아름다운 사람 냄새 중 하나였다. 어렸을 때 맡은 주인집 손자의 젖내보다 훨씬 더 확실하고 튼튼한 냄새였다. 그렇게, 사람들은 개를 기쁘게 한다.

주인님이 뜨거운 라면을 후루룩거리며 먹고 있을 때 주인아주머니는 집에 가서 먹을 생선 몇 마리를 도마에 올려놓고 대가리를 잘라내고 내장을 발랐다.

생선 내장에 갈매기들이 달려들었다. 갈매기들은 버르장머리가 없었고 사람을 얕잡아보았다. 먹을 것 앞에서 그토록 염치가 없고 채신머리없는 짐승을 나는 처음 보았다. 갈매기들은 칼질하는 주인아주머니의 도마 위에까지 퍼덕거리며 날아들었다. 생선 대가리는 버리는 것이 아니고 사람이 먹는 것인데, 갈매기들은 그 생선 대가리를 채 가려고 끼룩거리며 달려들었다. 주인아주머니는 생선 대가리를 빼앗기지 않으려고 소쿠리로 덮어놓았다. 그러면 갈매기들은 소쿠리를 쪼아댔다. 나는 짖으면서 덤벼들어 갈매기들을 쫓았다.

나는 새들을 이해할 수 없었다. 그것들은 주인이 없고 고향이 없다. 그것들은 어디론지 가고 또 간다. 그것들은 닥치는 대로 쪼아 먹고 사람과 인연을 맺지 않는다. 그것들은 떼를 지어 하늘을 날아가다가 갑자기 방향을 돌린다. 캄캄한 밤중에 한 마리가 끼룩끼룩 울어대면서 먼바다 쪽으로 날아가기도 한다. 그 캄캄한 바다 위 허공 속에서 새는 무슨 볼일이 있다는 것인가. 알 수 없는 일이다.

나는 날지 못한다. 나는 개이므로 고향이 있고, 주인이 있고, 주인이 주는 밥을 먹고 주인의 집에서 잔다. 나는 개이므로 네발로 땅바닥을 박차고 달리고, 땅 위의 모든 냄새를 들이마시는 것이다. 바닷가 마을에서 나는 세상의 모든 곳이 내 고향이며, 사람 냄새가 나는 모든 주인이 내 주인이라는 것을 알았다. 나는 젊고 힘 센 개였다.

새 주인님의 집으로 옮겨온 후 며칠 동안은 바쁘고 신기한 날들이었다. 주인님도 내 마음을 알았는지, 나를 묶어놓지 않았다. 나는 밤에도 자지 않고 온 마을을 싸돌아다녔다. 마을 모든 구석구석의 생김새를 알아야 했고 모든 땅과 흙을 내 발바닥으로 디뎌서 길바닥의 느낌을 알아야 했다.

산과 들과 냇물과 길이 어디로 뻗어가는지, 해는 어느 쪽에서 떠서 어느 쪽으로 지는지, 떡갈나무 숲의 바람 소리와 대숲의 바람 소리는 어떻게 다른지, 어느 집에 누가 살고 그 집 아이는 몇 살인지, 동네 개들은 얼마나 센 놈들인지, 못된 고양이 놈들은 어디에 모여서 노는지를 나는 모조리 알아야 했다. 내 공부는 오직 내 몸뚱이로 비벼서 알아내는 것이었다.

마을은 크지 않았으나, 사람이 살아가는 데 필요한 것들을 대충은 갖추고 있었다. 선착장으로 나가는 도로를 중심으로 마을은 윗동네와 아랫동네로 나뉘었다. 그 도로가 마을의 중심이었다.

도로의 양쪽으로는 파출소, 우편취급소, 보건지소, 노래방, 술집, 다방, 수협, 어업무선국이 들어서 있었다. 밤마다 술 취한 남자들이 이 길바닥에 오줌을 싸서 도로에서는 지린내가 났다. 오래 묵은 지린내도 났고 간밤에 싸놓은 새 지린내도 났다. 술집 여자들의 화장품 냄새도 길가 여기저기에 묻어 있었고, 커피 배달하는 젊은 아가씨들이 오토바이 뒷자리에 타고 막 지나갔을 때는 향긋한 냄새가 가늘게 퍼져왔다.

도로가 끝나는 곳에서부터 선착장이 시작되었다. 포구는 팔을 벌리듯이 둥글게 바다를 감싸 안았고 그 양쪽에 무인등대가 서 있었다. 무인등대 오른쪽 바닷가에는 미역양식장이 있었지만, 바닷물이 더러워져서 미역은 이제 키울 수 없었다. 양식장이 있던 바닷가에는 내버린 그물이 쓰레기로 떠다녔고 빈 기름통이 나뒹굴었다.

이 양식장 바닷가에서는 늘 쓰레기와 기름 찌꺼기가 뒤범벅되어 썩어갔고 무는 벌레들이 우글거렸다. 나는 이 장소가 딱 질색이어서, 못된 놈들을 뒤쫓아갈 때처럼 급한 볼일이 아니면 이 양식장 쪽으로는 오지 않았다.

포구 안쪽에는 작은 어선 몇 척이 묶여 있었는데, 멀리서 보면 고무신짝처럼 보였다. 배가 드나들 때가 아니면 선착장은 썰렁했다. 선착장에는 늘 생선 내장 부스러기가 흩어져 있어서 그걸 쪼아 먹으려는 갈매기들이 우글거렸다. 고양이와 갈매기가 퍼덕거리며 싸웠다. 선착장에서는 갈매기똥 냄새가 진동했다. 비린 것들을 쪼아 먹고 사는 갈매기똥 냄새는 독하고 날카로웠다.

언젠가 선착장에 나와서 주인님의 배가 돌아오기를 기다리다가 머리에 갈매기똥을 맞은 적이 있었다. 물찌똥이었는데, 똥은 내 눈을 뒤덮고 코 위에까지 흘러내렸다. 나는 약이 올라서 입을 크게 벌리고 뒷다리로 땅을 박차면서 솟구쳐 올랐지만, 내 머리 위에다 똥을 깔겨놓고 날아가는 갈매기를 잡아서 혼내줄 수는 없었다. 그놈이 다음에 또 선착장에 내려앉으면 혼을 내주려고 별렀는데, 갈매기가 너무 많고 생긴 꼴도 똑같아서 어느 놈이 그놈인지 찾아낼 수가 없었다.

바닷가 마을이라고는 하지만 사람들은 물고기만 잡아서는 살 수가 없었다. 마을에는 물고기를 잡는 사람뿐 아니라 사고파는 사람도 있었고 농사짓는 사람과 가축 기르는 사람도 있었다. 지린내 나는 도로에 가서 다방 문틈을 엿보면 할 일 없이 빈둥거리며 지내는 사내들도 많았다. 그 사내들은 거무튀튀했다.

예비군훈련 날 새벽이면 이런 사내들이 모두 학교 운동장에 모인다. 사내들은 한 줄로 늘어서서 학교 담장에 대고 오줌을 쌌다. 간밤에 마신 술이 덜 삭아서 오줌으로 나왔는데, 그 냄새는 무서웠다. 나는 코를 딴 방향으로 돌렸다. 새벽에 처음 누는 오줌은 양도 많았다. 오줌줄기들이 땅바닥에서 한데 모여서 콸콸 흘러내렸고, 거기서 안개처럼 허연 김이 피어올랐다. 김에서도 지린내가 났는데, 나는 견딜 수 없어서 멀리 달아날 수밖에 없었다. 나는 이런 냄새까지도 좋아하는 개가 되고 싶다.

물고기가 점점 줄어들어서, 어부들은 몇 집 남지 않았고, 물고기를 잡던 사람들은 대부분 배를 팔고 떠났거나, 마을에서 비닐하우스를 지어 딸기를 길렀다. 농부가 논을 팔아서 도회지로 떠나면 배를 판 어부가 그 땅을 사서 땅값 오르기를 기다렸다가 다른 어부에게 되팔기도 했다.

윗동네와 아랫동네에는 산이 하나씩 있었고 그 산에서부터 바닷가 쪽으로 넓은 논이 펼쳐져 있었다. 바다 쪽으로 흐르는 냇물을 막아서 작은 저수지가 들어섰고 논은 그 저수지의 물을 받았다.

산 중턱 마을 사람들은 돼지나 닭을 길러서 살았는데, 거기서 나오는 돼지똥과 닭똥이 저수지로 흘러들어와 농사를 망쳤다고 아랫동네 사람들이 곡괭이를 들고 윗동네로 쳐들어가서 싸운 적도 있었다. 양쪽 동네 사람들이 저수지 제방에 모여 고래고래 소리를 지르며 삿대질을 했는데, 어떻게 결론이 났는지는 알 수가 없다.

—야, 니들은 먹기만 하고 싸지는 않냐? 먹고 싸기는 사람이나 개돼지나 다 마찬가지야. 똥은 내다 버려야지 다시 집어 먹을 수가 없는 거야. 이걸 알아야 해.

—뭐야, 이 자식아. 우린 저수지 물 퍼먹고 사는 거야. 싸더라도 그렇지, 삭지도 않은 생 똥을 개울에 퍼버리면 니들만 먹고 우린 죽으라는 얘기냐. 이 썩은 물 냄새 좀 맡아봐라.

저수지 제방에서 사람들은 그렇게 싸웠다.

얼마 전에 선착장으로 가는 도로변의 다방에서 커피 배달하던 젊은 여자가 이 저수지에 뛰어들어 죽었는데, 그 뒤로 저수지 주변 숲에서 귀신이 나온다고 해서 동네 아이들은 날이 저물면 얼씬도 하지 않았다. 내가 가서 뒤져봤더니 귀신은 없었고 뱀 몇 마리가 마른풀 속에서 버스럭거렸다.

마을에는 공동묘지가 따로 없어서 죽은 사람들은 저마다 살던 자리 가까운 곳에 묻혔다. 산에서 살던 사람들은 산비탈에 묻혔고 평생을 밭에서 일하던 사람들은 그 밭 한 모퉁이에 묻혔다.

아버지의 무덤이 들어선 밭에서 아들이 또 그 밭을 갈았고 추석 때면 그 밭에서 차례를 지냈다. 고기를 잡아서 사는 사람들은 땅이 없었으므로 죽은 어부들은 집에서 가까운 바닷가 언덕 주인 없는 땅에 묻혔다. 물에서 너무 가까운 무덤들은 태풍이 물결을 몰아올 때

쓸려서 없어졌고 후손이 떠나간 무덤들은 봉분이 내려앉아 잡초에 파묻혔고 토끼들이 굴을 뚫었다.

마을 앞바다에 떠 있는 무인도에도 고기 잡던 사람들의 무덤이 가득히 들어차 있었다. 그 섬은 아무리 땅을 깊이 파도 물이 나오지 않아서 사람들은 살 수가 없었고 염소를 놓아서 기를 수도 없었지만, 땅이 메마르고 햇볕이 잘 들어서 무덤을 만들기에는 좋았다.

무인도에는 땅 주인이 없어서 누구나 무덤을 만들 수 있었다. 한평생 바다에서 고기를 잡다가 늙고 병들어서 죽은 사람들이나 풍랑을 만나서 마을 앞바다에 빠져 죽은 사람들은 대부분 앞섬에 묻혔다. 시체를 건지지 못했을 때는 무덤을 만들지 못했고, 무당이 바닷가에 나와서 굿을 했다. 고기 잡는 사람들은 추석이나 설날이면 고깃배에 돼지머리와 솥단지를 싣고 섬으로 건너가서 차례를 지냈다.

봄에 날이 풀려서 다시 고기잡이를 시작할 때도 사람들은 고깃배에 오색찬란한 깃발을 꽂고 섬으로 건너가서 한바탕 꽹과리를 때리면서 놀고 돌아왔다.

봄에, 앞섬의 무덤들은 햇빛을 받아 포근했다. 선착장에서 콧구멍을 벌름거리고 있으면 오래된 흙과 햇볕의 향기가 풍겨왔다. 겨울에 무덤들은 흰 눈에 덮여 따스해 보였고 그 눈 위에 달빛이 비치는 밤이면 별처럼 반짝거렸다. 나는 겨울 달밤에 눈 덮인 무덤을 바라보기를 좋아했다.

아이들이 있는 집에서 살게 되는 것은 개들의 가장 큰 복이다. 내 주인님 집에는 아이가 둘이었다. 딸 영희는 초등학교 오학년이었고 아들 영수는 이제 두 돌이 다 되어갔다. 영수는 내가 태어난 마을, 이제는 물속에 잠겨버린 마을의 할머니댁에 이따금 왔던 아기였다. 나는 영수의 몸 냄새를 맡고 사람 냄새를 처음 알았다. 새 주인집에 와보니 영수는 조금 더 자라 있었다. 나는 기뻐서 마당에서 마구 날뛰고 뒹굴었다.

나는 어린 영수가 싼 똥을 먹은 적이 있었다. 나는 똥을 먹은 일이 조금도 부끄럽지 않다. 똥을 먹는다고 해서 똥개가 아니다. 도둑이 던져주는 고기를 먹는 개가 똥개다. 하지만 내가 똥을 자꾸 먹으면 사람들이 나를 싫어하기 때문에 이제는 똥을 먹지는 않는다. 먹고 싶을 때도 참는다.

맑은 가을날이었다. 햇빛이 마당에서 자글거렸고, 먼 밭에서 깨가 익어가는 냄새가 풍겨왔다. 옥수수 냄새도 풍겨왔던 것 같다. 냄새들은 잘 말라서 바스락거렸다. 주인아주머니는 마당에서 배 가른 생선을 말리고 있었다. 주인아주머니는 내장을 빼낸 생선을 한 마리씩 꼬챙이에 꿰서 빨래를 널듯이 장대에 걸었다. 고양이가 먹고 싶어서 혀를 날름 내밀었다.

어린 영수는 마루에서 혼자 놀고 있었다. 나는 댓돌 위에 머리를 올려놓고 엎드려서 두리번거리고 있었다. 좀이 쑤시고 뒷다리가 근질근질해서 어디론지 또 놀러 나갈 궁리를 하고 있던 참이었다. 그때 마루 쪽에서 이루 말할 수 없이 정답고 따뜻한 냄새가 풍겨왔다. 나는 벌떡 일어나서 마루 쪽을 바라보았다. 영수가 마루에 똥을 쌌다. 기저귀도 없이 아랫도리를 발가벗은 영수는 똥을 싸놓고 나서도 방긋방긋 웃고 있었다. 나는 마루 위로 뛰어 올라갔다.

나는 태어나서 지금까지 안방이나 마루나 부엌처럼 주인이 사는 구역에는 한 번도 뛰어든 적이 없었다. 장독대나 우물 쪽에도 가까이 가지 않았다. 그게 진돗개다. 그런데 영수의 똥 냄새를 맡는 순간 나는 내가 개라는 걸 잊어버렸다. 나는 마루로 뛰어 올라가서 아무런 생각도 할 겨를 없이 똥을 먹었다. 그 냄새에 홀려서 먹지 않고서는 배길 수가 없었다. 아아, 그 똥 맛!

그 무렵 영수는 엄마 젖도 먹고 쌀죽도 먹었다. 쌀죽을 먹을 때는 엄마가 숟가락 위에 새우젓을 한 마리씩 얹어서 먹였다. 영수는 그 이외의 지저분한 것들은 먹지 않았다. 그래서 영수의 똥은 달고 맑았다. 단맛에, 젖이 삭은 새큼한 맛이 섞여 있었다. 쿠린내가 좀 나기는 했는데, 어른 똥처럼 찌르는 듯한 쿠린내가 아니라 포근히 감싸주는 쿠린내였다.

금방 싸놓은 똥은 따스했고 부드러웠다. 씹지 않아도 저절로 넘어갔다. 사람들이 아이스크림을 핥아 먹을 때처럼 말이다. 나는 똥 무더기 속에 주둥이를 들이박고 혓바닥으로 찍어서 넘겼다. 똥은 양이 많지 않아서 서너 번 삼키니까 다 없어졌다. 다 먹고 나서 마루 틈새로 흘러든 똥까지 싹싹 핥아 먹고, 혀를 길게 빼내서 입언저리며 콧잔등 위에 묻은 똥까지 싹싹 핥아 먹었다. 그때 마당에서 일하던 주인아주머니가 똥을 먹고 있는 내 꼴을 보았다. 주인아주머니는 기겁했다.

—이놈아, 이 더러운 놈아. 밥을 줬는데 왜 똥을 처먹니?

나는 무서워서 마당으로 뛰어 내려와서 주인아주머니 앞에 납작 엎드렸다. 주인아주머니는 내 목덜미를 잡더니 생선 꿰는 대나무로 내 주둥이며 콧잔등을 때렸다.

—너 또 똥 먹을래? 똥 먹은 입을 애한테 들이댈래?

내가 똥을 먹었다고 똥 먹은 주둥이가 벌을 받는 건데, 회초리는 내 콧잔등도 때렸다. 내 몸에 때릴 곳이 많은데 왜 하필 내가 애지중지하는 코를 때리는지, 나는 주인아주머니가 야속했다.

그날 이후로 나는 다시는 사람 똥을 먹지는 않았지만, 내가 영수의 똥을 먹은 것은 참으로 잘한 일이었다. 나는 사람의 몸속이 어떤 냄새와 어떤 느낌으로 차 있는지 알게 되었고, 그 따스함과 축축함과 부드러움을 알게 되었다. 나는 사람의 몸 안에 들어가서 한바탕

놀다 온 것처럼 사람을 환히 알 수 있게 되었다.

내가 똥을 먹었다고 해서 영수는 나를 더러운 놈으로 취급하지는 않았다. 두 돌이 되어가는 영수는 마당에 내려와서 놀 때 나를 끌어안고 주무르면서 별 장난을 다 쳤다. 영수는 내 등 위에 올라타기도 했고 꼬리를 잡아끌기도 했다. 심지어는 내가 아끼는 수염을 뽑으려고 달려들어서 나는 기겁을 했다.

영수의 몸에서는 아기 냄새가 났고 뒤통수 가마에서는 햇볕 냄새가 났다. 나는 영수가 사랑스러웠고, 내 몸을 장난감으로 다 내주었지만 똥 먹은 내 주둥이를 영수에게 들이대지는 않았다. 주인아주머니가 그걸 몹시 싫어했다. 그러나 어린 영수의 몸속에는 그 달고 맑은 똥이 가득 들어 있었다.

새벽 선착장에서 주인님의 밧줄을 받아주고 돌아오면, 그보다 더 중요한 일이 기다리고 있었다. 영희를 따라서 학교에 가는 일이었다. 따라간다기보다 데리고 간다고 해야 맞겠지만, 나는 개니까 사람을 데리고 간다는 말은 건방지다. 하지만 말이야 아무래도 상관없다.

학교는 큰길 건너 윗동네 산 밑에 있었다. 주인님의 집은 아랫동네 바닷가였다. 학교까지 가려면 논둑길을 지나고 수협 앞에서 큰길을 건너서 돼지 막사 옆을 지나 산 쪽으로 올라가야 했다. 마을에 학교는 하나뿐이었는데 일곱 개 동네의 아이들이 모여들었다.

이 마을 엄마들은 고기잡이 뒷바라지하랴 들일하랴 바빠서 일학년이나 이학년짜리들을 학교에 데려다주고 데려올 수가 없었다. 부모가 없이 할머니 밑에서 자라는 아이도 있었다.

일학년 이학년짜리들은 큰길을 건너기가 위험했고 또 학교 가다가 길에 주저앉아서 한나절씩 놀기 일쑤였다. 개울을 건너다가 넘어져서 옷을 적시고 우는 아이들도 있었다. 그래서 동네마다 오학년이나 육학년이 앞장을 서서 그 동네 조무래기 하급생들을 서너 명씩 모아서 학교로 갔다. 오륙학년들은 공부가 늦게 끝나고 일이학년들은 일찍 끝났다. 일이학년들이 먼저 집으로 돌아갈 때는 오륙학년들 중에서 한 명이 아이들을 집까지 데려다주고 다시 학교로 돌아갔다.

주인집 큰딸 영희는 오학년인데, 키가 크고 가슴이 도드라져서 작은 아가씨 같았다. 영희는 아침마다 이웃에 사는 일이학년 다섯 명을 데리고 학교에 갔다. 학교 갈 시간이 되면 일이학년들은 영희네 집 마당에 모였다. 늦는 아이가 있으면 영희가 그 집에 가서 데려왔다. 영희는 내가 학교에 따라가는 것을 든든하게 생각하는 것 같았다. 학교 갈 시간에 내가 개집 안에서 빈

둥거리고 있으면 영희는

—보리, 너 학교 안 가?

라며 나를 불렀다.

영희가 앞섰고 아이들이 뒤따랐다. 병아리들이 줄서서 가는 것 같았다. 아침에 이 마을 아이들이 학교에 가는 모습은 내가 가장 사랑하는 사람 세상의 풍경이었다.

나는 아이들의 뒤를 따라갔다. 아이들 걸음이 너무 느려서 갑갑했지만 아이들보다 앞서서 달릴 수는 없었다. 가다가 말고 옆길로 들어가서 풀숲에서 뛰는 방아깨비를 잡는 아이들도 있었고 설사가 나와서 논둑 길에 누는 아이들도 있었다. 뒤에서 따라오던 아이가 옆길로 들어가서 나타나지 않으면 나는 앞쪽을 향해 짖었다. 그러면 영희가 옆길로 빠진 아이의 손목을 잡아서 끌어왔다.

영희는 길에서 똥 누는 아이들의 책가방을 받아주었고 다 누고 나면 바지 올리는 일을 거들어주었다. 논둑 길에 파인 물웅덩이를 만나면 영희는 아이들을 한 명씩 안아서 건네주었다. 영희는 길바닥에 굴러다니는 종이를 주워서 코 흘리는 아이들의 누런 코를 닦아주었고 벌레에 물린 아이들의 정강이에 침을 발라주었다. 수협 앞 네거리에는 신호등이 없었다. 찻길을 건널 때 영희는 아이들을 바싹 끌어모아 손을 잡고 건너갔다.

아이들은 방학을 기다리고 또 기다렸는데 방학을 맞으면 또 개학날을 기다렸다. 방학 때는 학교가 신나 보이고 학교에 다닐 때는 방학이 신나 보이는 모양이었다. 이쪽으로 가면 저쪽이 궁금하고 저쪽으로 가면 더 먼 저쪽이 궁금하기는 개나 아이들이나 마찬가지였다.

여름방학이 끝나고 나서 늦가을까지 논둑 길에는 뱀이 우글거렸다. 팔뚝만 한 뱀들이 길 위에 나와서 똬리를 틀고 햇볕을 쬐었다. 뱀이 나타나면 아이들은 기겁해서 오도 가도 못했다.

나는 앞으로 뛰쳐나가서 뱀을 쫓았다. 뱀은 시궁창을 쑤시고 다닐 때도 몸뚱어리가 늘 깨끗하고 몸에 지저분한 것들이 묻지 않았다. 뱀한테서는 냄새도 나지 않아서 멀리서 뱀의 기척을 알아차리기란 쉽지 않았다. 가까이 가면 닭고기를 삶는 듯한 노린내가 조금 풍겼는데, 그 냄새는 너무 가늘고 희미해서 멀리서는 알아차릴 수가 없었다.

풀숲을 빠르게 지나가는 뱀은 휙휙 소리가 나서 금방 알아차릴 수 있었지만 바위틈으로 들어가버리면 쫓을 수가 없었다. 논둑 길 위에서 꼼짝도 하지 않고 있는 뱀은 냄새도 소리도 나지 않았다. 가까이 가서 눈으로 봐야만 뱀인 줄 알 수가 있었다. 바짝 다가가서 몇 번 짖어대면 뱀들은 대개가 달아났는데, 못된 놈들은 대가리를 치켜들고 덤벼들었다. 그때는 할 수 없이 싸워야 한다. 아이들이 학교에 늦지 않도록 싸움을 빨리 끝내고 길을 열어주어야 한다.

뱀과 싸우는 일은 정말로 진땀 난다. 대가리를 치켜세운 뱀은 그 사나운 눈빛으로 나를 노려보다가 갑자기 화살처럼 달려든다. 똑바로 달려들 때도 있고 옆으로 달려들 때도 있다. 그래서 뱀과 싸울 때는 뱀 대가리가 달려드는 방향을 정확히 관찰해야 한다. 일 초라도 동작이 늦으면 뱀한테 물린다.

그럴 때, 내 눈썹 위에 돋은 긴 수염은 정말로 요긴하다. 달려드는 순간 뱀 대가리가 일으키는 바람의 방향을 수염은 즉각 느끼고, 내 몸은 그 느낌에 따라 자동으로 공격 각도를 잡는다. 이때 공격과 방어는 같다.

뱀과 싸울 때 가장 중요한 것은 그 대가리를 한 입

갯벌

에 깨물어서 부수는 것이다. 뱀의 꼬리를 먼저 물면 큰일 난다. 꼬리를 물면, 뱀은 긴 몸통을 뒤틀면서 그 무서운 아가리를 벌리고 달려든다. 한 입에 부수지 못하면 내가 당하기 쉽다. 내가 어금니와 송곳니로 뱀 대가리를 씹어서 부술 때 뱀은 내 목을 친친 감고 조이면서 진저리를 치지만 오래 견디지는 못하고 힘이 빠져서 풀어진다. 내가 뱀과 싸울 때 여자아이들은 비명을 지르며 영희의 품에 얼굴을 묻었는데, 남자아이들은

 ─보리, 보리, 물어라 물어.

 라고 소리치면서 나를 응원하기도 했다.

 뱀과 싸우는 일은 힘이 많이 들지는 않았지만 정신을 바짝 차리지 않으면 이길 수가 없었다. 뱀과 눈이 마주치면 내 등에서 잔털이 솟구치면서 일어선다. 그때 내 몸은 뱀의 몸과 합쳐지는 것처럼, 뱀의 동작에 따라서 저절로 움직여진다.

 뱀 대가리가 똑바로 달려들 때는 나는 머리를 약간 낮추어서 목 밑을 물어뜯었고 뱀 대가리가 옆으로 달려들 때는 달려드는 방향과 반대쪽으로 몸을 틀면서 뒤에서 뱀 대가리를 물어뜯었다. 그게 다 순식간에 저절로 이루어졌는데, 싸움이 끝나고 나면 뒷다리에 힘

이 빠져서 주저앉을 듯했다.

뱀을 서너 마리나 죽여야 학교까지 가는 날도 있었다. 그런 날 나는 학교에 도착하면 기진맥진해서 수돗가로 달려가 물을 마셨다.

나는 뱀을 먹지 않지만 사람들은 뱀을 먹기도 한다. 학교에 갈 때 물어 죽인 뱀들의 사체가 집에 올 때 보면 모두 없어졌는데, 그건 다 사람들이 집어 갔거나 동네 닭들이 몰려와서 쪼아 먹어서다.

아이들이 점점 줄어들어서 이제는 서른다섯 명밖에 남지 않았지만, 학교는 마을에서 가장 아름다운 곳이었다. 교문에서 운동장으로 올라가는 언덕 양쪽은 벚나무 숲이었고, 운동장에는 고운 모래가 깔려 있었다. 노는 시간에는 아이들이 모두 운동장으로 쏟아져 나와서 학교는 재잘거리는 꽃밭처럼 보였다.

아이들은 남자 여자 구별 없이 편을 갈라서 공을 찼다. 반끼리 시합하는 때도 있었고 사는 동네로 편을 갈라서 놀 때도 있었다. 여자아이들은 양지쪽에 모여서 공기놀이를 했고, 서로 마주 보며 머리를 땋아주기도 했다.

육학년 남자아이들은 말타기놀이를 했다. 술래가 된 편이 앞사람 가랑이 사이에 머리를 박고 말처럼 길게 엎드리면 다른 편 아이들이 달려와서 그 등 위에 올라탔다. 올라타고 몸을 흔들어서 말들을 찌그러뜨리면 술래가 된 쪽은 계속 등을 대주어야 한다. 위험해 보이는 놀이였는데, 육학년 남자아이들은 이 놀이를 좋아했다.

닭싸움을 하는 아이들도 있었다. 한쪽 다리로 서서 무릎으로 상대방을 쳐서 쓰러뜨리는 놀이였다. 둘이서 할 때도 있었고 여러 명이 편을 갈라서 놀 때도 있었다. 한쪽 다리로 선 아이들이 땅을 박차고 숫아올랐다가 무릎으로 상대방을 찍는 놀이는 정말로 닭들이 싸우는 모습 같았다.

아이들에게 가까이 가서 정강이 냄새를 맡으면 나는 그 아이가 어느 동네에 사는지 알 수 있었고 손이나 입 언저리의 냄새를 맡으면 무얼 먹고 왔는지를 알 수 있었다.

돼지 치는 산동네 아이들의 정강이에서는 돼지똥 냄새가 났고 논동네 아이들한테서는 흙냄새나 농약 냄새가 났다. 바닷가 마을 아이들한테서는 생선 비린내가

갯벌

났고 큰길가에 사는 아이들한테서는 절은 지린내가 났다. 아침에 산길의 풀숲을 스치고 온 아이들한테서는 이슬 냄새가 났고 논둑길을 걸어온 아이들한테서는 벼 냄새가 났다. 벼 냄새는 봄에는 희미해서 풀 냄새와 같았으나 여름이 지나면 노르스름한 향기가 뚜렷해졌다. 나는 그 모든 냄새를 좋아했다.

또 노는 아이들 곁에 가서 귀를 기울이면 아이들의 몸속에서 피가 돌아가고 숨이 들고 나는 소리가 들렸다. 운동장 가득 아이들이 뛰어놀 때 그 소리는 다 합쳐져서 바람이 잠든 날에도 봄의 숲이 수런거리는 소리처럼 들렸다. 아이들의 몸속을 돌아가는 피의 소리는 작은 냇물이 바위틈을 빠져나올 때처럼 통통거렸고 숨이 드나드는 소리는 어린 대숲 속으로 바람 한 줄기가 지나가는 것처럼 색색거렸다. 작지만 또렷한 소리였다.

공차기나 닭싸움처럼 몸을 빠르게 움직이는 놀이를 하는 아이들한테서는 그 소리가 더 크게 들렸다. 나는 아이들 곁에서 눈을 감고 소리만 들어도 이 아이가 방금 무슨 놀이를 했는지를 알 수가 있었다.

봄에 숲속으로 들어가서 이리저리 빈둥거리고 있으

면 나무들이 물을 빨아올리느라고 윙윙윙, 쉭쉭쉭, 쿨 렁쿨렁 하는 소리가 들렸는데, 아이들의 몸속도 그와 같은 모양이었다. 모든 살아 있는 것들의 몸속에서는 소리가 난다. 나무도 풀도 아이들도 다 마찬가지다.

운동장 둘레에는 둥그렇게 시멘트 포장이 되어 있었 고 거기서 아이들이 인라인스케이트를 탔다. 이 마을 산동네나 바닷가 동네에는 인라인스케이트를 탈 만한 길이 없었다. 학교에서 운동장 둘레에 시멘트 포장을 깔아주었다. 또 학교에서는 스케이트를 여러 켤레 장 만해놓고 있어서 스케이트가 없는 아이들도 학교에 오 면 탈 수가 있었다.

나는 아이들보다 훨씬 더 빨리 달릴 수 있었지만, 뱀 이나 들고양이를 쫓아버릴 때처럼 바쁠 때가 아니면 아이들 앞에서 내 달리기 솜씨를 뽐낸 적은 없었다. 나 는 네 다리로 달리고 아이들은 다리가 두 개밖에 없으 니까 내가 더 빠른 것은 당연해서 자랑이 될 수 없었 다. 그러나 인라인스케이트를 타는 아이들은 정말로 부러웠다. 그 아이들은 발바닥에 바퀴가 돋아난 다람 쥐처럼 보였다.

나는 나무 그늘 밑에 엎드려서 앞발에 머리를 올려놓고 인라인스케이트 타는 아이들을 넋이 빠지게 들여다보았다. 그 아이들은 발바닥으로 땅바닥을 디뎌서 앞으로 나아가는 것이 아니라 땅바닥을 미끄러지면서 앞으로 나아갔다.

아이들은 바람처럼 가볍고 기름처럼 미끄러웠다. 아이들은 걸어가거나 달려가지 않고 흘러서 갔다. 흘러갈 때, 엉덩이와 팔다리가 저절로 흔들려서, 아이들은 바람 속을 날아가는 새나 물속을 헤엄쳐가는 물고기처럼 보였다. 아이들은 자기네들의 몸무게를 끌고 가는 것이 아니라 그 무게를 풀어버리면서 바람 속으로 나아갔다. 아이들은 오른쪽 다리와 왼쪽 다리를 엇바꾸면서 방향을 돌렸다. 아이들은 흘러가면서, 흘러가는 동시에 방향을 바꾸었다. 허리를 구부리고 두 팔을 벌리고 한쪽 다리를 뒤로 쳐들고, 한쪽 다리로만 흘러가는 아이들도 있었다. 날아가는 새와 다름없었다.

나무 그늘 밑에 엎드려서 나는 바퀴가 돋아날 수 없는 내 발바닥의 굳은살을 핥았다. 단단하면서도 탄력이 있는 굳은살이었다. 나는 개이므로 내 몸무게를 내가 끌고 다닐 수밖에 없다. 다리의 힘을 모아 땅바닥을 박찰 때, 내 발바닥 굳은살은 내 몸무게를 땅바닥에 퉁겨서 나를 앞으로 나아가게 해준다. 그래서 내 발바닥 굳은살은 내가 살아온 모든 고장의 흔적과 기억을 간직하면서 굳어져간다. 이제는 물에 잠겨버린 내 어렸을 적 고향의 땅바닥과 숲속과 논두렁과 진흙탕의 기억까지도 내 발바닥 굳은살 속에는 저장되어 있다.

사람들은 구두가 낡으면 헌 구두를 내버리고 새 구두를 사 신지만 개들은 발바닥 굳은살을 도려내고 새 살을 붙일 수가 없다. 굳은살은 한 벌뿐이다. 등산화도 축구화도 조깅화도 장화도 군화도 없다. 그래서 내 발바닥 굳은살은 이 세상 전체와 맞먹는 것이고 내 몸의 모든 무게와 느낌을 저장하고 있는 것이다. 그렇기는 하지만, 인라인스케이트를 타는 아이들의 저 가볍고 미끄러운 몸놀림은 얼마나 부러운 것인가. 나는 내 발바닥 굳은살로는 건너갈 수 없는 사람들의 세상에 가슴이 저렸다.

인라인스케이트를 타는 아이들 중에서도 내 주인집 딸 영희의 모습은 놀랍게도 아름다웠다. 빠르기도 빨랐지만, 그 몸놀림은 끝없는 날갯짓으로 먼바다를 건너가는 새처럼 보였다.

영희는 허리를 깊이 구부리고 엉덩이를 뒤로 쭉 뺐다. 영희는 다리의 길이를 있는 대로 모두 뻗어서 땅바닥을 길게 밀어냈고 길게 미끄러졌다. 영희의 왼다리가 땅을 밀 때, 영희의 오른팔이 앞으로 나와 허공을 휘저었고, 영희의 오른다리가 땅을 밀 때, 영희의 왼팔이 허공을 휘저었다. 왼다리와 오른팔, 오른다리와 왼팔이 한 짝이 되어 영희는 밀고 미끄러지고 앞을 휘저어 나아갔다. 날갯짓 없이 조용히 날아가는 새처럼 아무런 동작도 없이 오랫동안 앞으로 나아갔고, 나아가다가 갑자기 거꾸로 돌아서기도 했다. 그때 영희의 엉덩이와 팔다리에서는 내가 지금까지 한 번도 본 적이 없는 사람의 몸매가 드러났다. 그리고 그 몸매는 영희가 동작을 바꿀 때마다 바뀌어서 늘 새롭게 드러나는 몸매였다. 그때 영희는 몸무게로 땅바닥을 비비며 살아온 사람들의 오래된 삶의 무게를 뛰어넘어서 내가 쫓아갈 수 없는 먼 곳으로 날아가는 듯했다.

달릴 때, 나는 앞다리 한 쌍과 뒷다리 한 쌍을 동시에 움직여서 땅을 밀고 당긴다. 급히 쫓아가거나 급히 달아날 때는 그런 동작이 저절로 나온다. 그러나 그다지 급하지 않을 때, 나는 인라인스케이트를 타는 영희의 동작처럼 왼쪽 뒷다리와 오른쪽 앞다리, 오른쪽 뒷다리와 왼쪽 앞다리를 한 짝으로 삼아서 달린다. 이런 달리기는 편안하고 오래 달릴 수가 있다.

인라인스케이트를 타는 영희의 동작과 개인 나의 달리기 동작은 다르지 않았다. 다만 영희는 미끄러지고 나는 땅을 박차야 하는 차이가 있을 뿐이었다. 그래서 사람인 영희와 개인 나는 아득한 옛날에 같은 조상 밑에서 태어났던 한집안 식구가 아니었을까 하는 엉뚱한 생각이 들기도 했다. 그런 생각은 잠시뿐이었다.

나는 벌떡 일어났다. 나는 영희의 뒷모습을 따라서 달리고 또 달렸다. 영희의 동작처럼, 오른쪽 뒷다리와 왼쪽 앞다리, 왼쪽 뒷다리와 오른쪽 앞다리로.

밥차는 낮 열두 시에 왔다. 이 학교는 학생 수가 적어서 주방이 따로 없었고 점심때가 되면 학생 수가 많은 이웃 학교에서 밥과 국과 반찬을 만들어서 차에 싣고 왔다.

노란색 밥차가 운동장으로 들어서면 일이삼사학년 아이들은 식당으로 들어갔고 오륙학년 남자아이들이 밥과 반찬을 담은 통을 식당으로 날랐다. 오륙학년 여자아이들은 식당 안에 미리 들어가 있다가 식판을 든 하급생들을 한 줄로 세워놓고 밥과 국을 퍼주었다.

밥을 다 먹고 나면 하급생들은 밥찌꺼기를 통에 쏟아붓고 나서 운동장에 나가 놀았고 오륙학년들이 그릇을 모아서 설거지를 했다. 남학생 여학생 구별 없이 모두 고무장갑을 끼고 앞치마를 두르고 그릇을 닦았다. 선생님들도 함께 밥을 먹었는데, 선생님들은 아이들끼리 밥을 나누어 먹고 또 설거지하는 일에 끼어들어 잔소리를 하지 않았다. 아이들은 누가 시키지도 않았는데 자기네들끼리 다 알아서 척척 해냈다.

아이들이 점심밥을 먹을 때는 오학년 영희와 육학년 남자아이 하나가 식당의 모든 일을 보살폈다. 영희는 노는 시간에 흙장난을 해서 손이 더러워진 아이들을 야단쳐서 씻고 오도록 했고 국이 너무 뜨거울 때는 아이들이 엎질러서 데일까봐 휘휘 저어서 식은 후에 떠주게끔 했다. 영희는 또 국을 퍼주는 아이들이 양을 골고루 퍼줄 수 있도록 국 푸는 국자의 크기를 정해주었다. 소시지볶음이 나오는 날에 아이들은 양파와 감자를 골라내고 서로 소시지만 달라고 아우성을 쳤는데, 소시지 건더기를 골고루 나누어 주는 것도 영희의 일이었다.

밥을 먹을 때 식당 안에서 이리 뛰고 저리 뛰며 장난질을 하는 아이들도 있었다. 영희가 여자라고 해서 말을 듣지 않는 아이들은 육학년 남자아이가 붙잡아서 제자리에 앉혔다.

설거지할 때도 영희는 그릇이 깨끗이 닦였는지를 검사했고, 햇볕이 좋은 날에는 그릇과 행주를 마당에 펼쳐놓고 말렸다. 사학년 아이들이 젖은 행주로 밥 먹은 자리를 닦아내고 바닥에 떨어진 반찬을 쓸어내면 점심은 끝났다.

영희는 통 속에 쌓인 밥찌꺼기를 퍼서 개들에게도 나누어 주었다. 학교에는 매일같이 나 말고도 다른 동네 개들 서너 마리가 아이들을 따라왔다. 영희는 개의 수만큼 밥찌꺼기를 따로따로 퍼서 주었기 때문에 개들은 싸우지 않고 밥을 먹을 수 있었다. 식당 앞마당에서 개들은 한 줄로 늘어서서 주둥이를 들이박고 먹었다.

학교에서 영희가 퍼주는 점심은 맛있었다. 사람들은 개들에게 아침저녁 두 번만 밥을 주었다. 점심밥은 사람들끼리만 먹었다. 그래서 해가 긴 여름날 개들은 늘 배가 고팠다. 하지만 아이들을 따라서 학교에 오면 늘 영희가 주는 점심을 먹을 수가 있었다. 국이 날마다 바뀌어서 명태국, 고깃국, 두부를 넣은 된장국을 골고루 먹을 수 있었다.

개들이 실컷 먹어도 밥찌꺼기는 많이 남았다. 돼지를 키우는 집 아이들은 학교가 끝나고 돌아갈 때 밥찌꺼기를 통에 담아 집으로 가져가서 돼지에게 주었다. 그래서 학교 식당에는 언제나 밥찌꺼기가 한 톨도 남지 않았다. 등에 가방을 메고 손에 밥찌꺼기 통을 든 아이들은 저녁 산길을 걸어서 돼지 치는 동네로 돌아갔다. 손에 들린 통이 무거워서 아이들의 어깨가 옆으로 기울어졌다. 그 양철통에서 저녁의 붉은 햇빛이 빛났고 학교의 하루는 저물어갔다.

아이들이 방학하는 여름날 나는 늘 점심을 굶었고, 점심때면 자기네들끼리만 먹는 사람들이 보기 싫어서 들에 나가서 할 일 없이 쥐나 참새를 골탕 먹이면서 놀았다. 그런 여름날, 하루는 너무 길어서 심심하고 배고팠다.

4

흰순이

까닭 없이 짖는 개는 없다. 그러나 어느 때 짖는가를 보면 그 개가 어떤 개인지를 알 수 있다. 함부로 짖을 일이 아닌 것이다. 나는 낯선 사람이 가까이 온다고 해서 덮어놓고 짖어대지는 않는다. 그 사람의 냄새나 표정이나 걸음걸이가 내 맘에 들지 않을 때 짖는다. 짖어서 겁을 주어 쫓아버릴지 그냥 통과시켜줄지는 오직 내가 정한다. 주인님도 내 결정에는 간섭하지 못한다. 내가 심하게 짖어대면 주인님은 가끔씩

—야 이놈아. 시끄럽다, 닥쳐!

라고 야단을 치기는 하지만, 짖느냐 마느냐는 내가 정한다. 함부로 정하지는 않는다. 내 마음속에서 저놈은 반

드시 쫓아버려야 한다는 확신이 떠오를 때 짖는다.

낯설다고 해서 짖지는 않는다. 낯선 사람이 오히려 반가울 때도 있다. 그 낯섦 속에 내가 봐줄 수 없는 무례함이나 건방짐, 사나움 같은 것이 느껴질 때 나는 짖어댄다. 나는 나의 판단이 늘 옳다고 믿는다. 믿음은 확실해야 하고 판단은 빠르고 정확해야 한다. 다급히 짖을 때나 싸울 때 나는 짖지 마, 이리 와, 라고 외치는 주인님 말을 듣지 않는다. 들리지가 않는다. 주인님은 사람이라서, 눈앞에서 무슨 일이 벌어지고 있는지를 잘 모른다. 죄송하지만 어쩔 수 없는 일이다. 싸워야 한다는 믿음이 흔들리는 개는 개 축에 들지 못하고 판단이 정확하지 않은 개는 좋은 개가 아니다.

그런데 내가 짖지 않고 노려보기만 할 때가 더 무섭다는 걸 사람들은 잘 모른다. 내가 가장 신경 쓰는 사람은 술 취해서 비틀거리면서 우리 집 쪽으로 오는 사내들과 할 일 없이 빈둥거리면서 지나가는 사내들이다. 또 내가 아직껏 맡아보지 못한 냄새를 몸에 묻히고 다가오는 사람들도 나는 신경 쓴다. 이런 사람들이 다가오면 나는 짖지 않고 그들이 다 지나가도록 노려본다.

흰순이

그때 내 눈에서는 불길이 타오르고 내 등은 둥글게 굽어서 뛰쳐나갈 준비를 갖춘다. 정말로 큰일 나겠구나 싶을 때는 배 속에 든 똥을 한꺼번에 다 싸버리고 몸을 가볍게 만들어놓는다. 부르르 떨리는 뒷다리를 달래가면서 나는 그 사람들이 다 지나갈 때까지 싸움 자세를 풀지 않는다. 내가 아는 이웃집 사내라 하더라도 술에 취해 비틀거리면 나는 그 사람을 끝까지 노려본다.

편지나 자장면이나 신문을 배달하는 사람들이 지나갈 때는 짖지 않는다. 짖지는 않지만, 그들이 다 지나갈 때까지 눈여겨본다. 남자와 여자가 나란히 지나갈 때, 어린애를 업거나 어린애의 손을 잡은 여자, 머리 위에 짐을 인 여자, 손수레를 끄는 남자가 지나갈 때는 짖지도 않고 노려보지도 않는다. 이런 사람들은 다 그냥 지나가는 사람들일 뿐이다. 지나가는 것들이 그저 지나갈 때 나는 짖지 않는다.

나는 되도록이면 싸우거나 달려들지 않고, 짖어서 쫓아버림으로써 문제를 해결하려는 원칙을 가지고 있다. 그것이 사람들의 동네에서 살아야 하는 개의 도리다. 또 쓸데없이 싸우다가 다치지 말고, 기어이 싸워야 할 때를 위해서 몸을 성히 유지하면서 힘을 모아두어야 한다. 사람 동네에서 개 노릇 하기가 쉽지 않다.

짖는 소리에는 위엄과 울림이 있어야 한다. 짖을 때, 목구멍에서 놋사발 두들기는 소리가 깽깽깽 나오는 개는 별 볼 일 없는 개다. 소리가 목구멍까지도 못 내려가고 입안에서 종종대는 개는 그보다도 못하다.

짖을 때, 소리는 몸통 전체에서 울려 나와야 한다. 입과 목구멍은 다만 그 소리에 무늬와 느낌을 주면서 토해내는 구멍일 뿐이다. 몸속 전체가 울리고 출렁대면서 토해지는 소리가 진짜 소리다. 소리는 화산처럼 터져 나와야 한다. 나는 짖어야겠다 싶으면 몸속 깊은 곳이 지진이 일어난 것처럼 흔들린다. 그때 내 몸 전체는 악기로 변하는데, 이 악기는 노래하는 악기가 아니라 싸우려는 악기다. 악기가 무기인 것이다.

소리는 깊게 울리고 넓게 퍼지면서 무시무시한 겁을 주어야 한다. 그런 소리가 나와야만, 내 소리를 듣는 사람이나 짐승들이 내가 지금 장난을 하는 것이 아니고 온몸의 힘으로 뛰쳐나와 들어붙을 자세를 갖추고 있음을 알고 더 이상 가까이 오지 않는다.

나는 싸울 때는 짖지 않는다. 싸우려고 달려들 때도

짖지 않는다. 싸울 때는 입이 바빠져서 짖어댈 틈이 없다. 싸울 때 짖으면 물 데를 놓치기 쉽고, 한번 놓치면 다시 물기가 어렵다. 다시 물지 못하면 내가 물린다.

싸울 때는 입을 벌려서 짖지 않아도 몸속에서 으렁 으렁 으렁 소리가 저절로 나온다. 싸울 때 내 마음은 미움으로 가득 차서 슬프고 괴롭고 다급하다. 싸움은 혼자서 싸우는 것이다. 아무도 개의 편이 아니다. 싸우는 개는 이 세상에서 가장 외롭다. 싸울 때, 미움과 외로움은 내 이빨과 뒷다리와 수염으로, 내 온몸으로 뻗쳐 나온다. 으렁 으렁 으렁 소리는 그 외로움과 슬픔이 터져 나오는 소리다. 화산이 터지기 전에 땅 밑에서 용암이 끓는 소리와도 같다. 싸움은 슬프고 외롭지만, 이 세상에는 피할 수 없는 싸움이 있다. 자라서 다 큰 개가 되면 그걸 알게 된다. 피할 수 없는 싸움은 끝내 피할 수 없다.

밤중에 달을 쳐다보고 짖는 개는 슬픈 꿈을 꾸는 개다. 이런 개들은 달을 향해 목을 곧게 세우고 우우우우 짖는다. 짖는 소리가 아니라 울음에 가깝다.

보름달은 가까워 보이고 초승달이나 그믐달은 멀어

보인다. 보름달을 들여다보고 있으면 달이 점점 세상 쪽으로 다가오는 것 같다. 달이 다가오면서 세상은 점점 환해지고 먼 산의 등성이까지도 눈앞에 가까이 보이는데, 달한테서는 아무런 소리도 들리지 않는다.

달을 좇아서 들판을 달리고 또 달리면, 가까이 다가오던 달은 멀리 달아난다. 밟을 수 없고 물 수도 없는데, 밟을 수도 만질 수도 없는 달은 세상을 환히 비추면서 점점 가까이 다가온다.

그믐달을 들여다보면, 달은 이 세상에서 점점 멀어지는 것 같다. 새파란 칼처럼 생긴 그믐달의 가장자리가 어두운 밤하늘에 녹아들면서 희미해질 때, 개는 점점 사라져가는 달을 향해 우우우우 운다.

달은 개를 손짓해 부르지만 달은 개의 울음을 듣지 못한다. 알 수 없고 다가갈 수 없고 발 디딜 수도 없는 그 먼 것을 향해 개는 울고 또 운다. 우는 개는 죽어서 이다음에 달 속의 개로 태어나고 싶은 꿈을 꾸는데, 그 꿈이 달밤의 개를 울리는 것이다. 그래서 개 한 마리가 달밤에 울면, 그 울음소리가 온 동네에 퍼지고 울음이 또 울음을 불러와서 온 동네 개들은 울음에 울음을 잇대어가며 울고 또 운다.

묶인 수캐들도 우우우우 운다. 이웃 동네 암캐의 몸 냄새가 봄밤의 꽃냄새 속에 섞여서 풍겨올 때 묶인 수 캐들의 몸속에서는 화산 같은 울음이 터진다. 수캐들 은 뒷발로 땅을 긁다가, 앞발을 들어서 달 쪽을 쥐어뜯 다가, 이빨로 쇠사슬을 물어뜯다가, 이도 저도 못 하고 우우우우 운다. 개들의 슬픔은 전염병처럼 번진다. 수 캐 한 마리가 우우우우 울면, 그 울음이 다른 수캐의 슬픔을 일깨워서 우우우우 울고 온 동네 수캐들이 따 라서 울고 온 동네 암캐들도 따라서 운다.

우우우우…….

점심시간이 끝나고 공부가 시작되면 운동장에는 노는 아이들이 없어서 나는 심심했다. 빈 운동장에는 벚나무 꽃이 활짝 피어서 환한 빛을 뿜어내고 있었다. 꽃은 쳐다볼 수는 있었지만 함께 놀 수는 없었다. 흰 운동장에 환한 꽃이 피면, 그 밝음 속에서 나는 더욱 심심했다. 꽃들은 내가 왜 심심해하는지를 몰랐다.

그런 심심한 시간에 나는 복도로 들어가서 교실 창너머로 공부하는 아이들의 모습을 들여다보았다. 이럴 때는 교실 창문틀에 앞발을 올리고 사람처럼 뒷다리로 서서 머리를 조금만 내밀고 몰래 들여다보아야 한다. 그래야 아이들이 눈치채지 못한다. 아이들한테

흰순이

들키면 끝장이다. 교실 안에서 한 아이가 내가 들여다보고 있는 걸 눈치채면 그 아이는 공부하다 말고 나를 가리키며

　　─저놈 봐라, 저놈.

　하면서 까르르 웃는다. 한 아이가 웃으면 다른 아이들도 한꺼번에 나를 쳐다보며 까르르 웃어댄다. 아이들은 언제나 한 아이가 웃으면 모든 아이가 따라 웃는다. 다들 한꺼번에 웃어서 어느 아이가 맨 처음 웃었는지 알 수도 없다. 그럴 때 교실은 별이 부서지는 것 같다. 개울물이 여기저기서 쏟아져 내리는 것 같다.

　아이들이 웃어대면 선생님이 회초리를 들고 나와서 나를 내쫓는다.

　　─이놈아, 나가 놀아라.

　그래서 교실 안을 들여다볼 때는 머리를 아주 조금만 내밀어야 한다.

　나는 긴 복도를 어슬렁거리면서 이 교실 저 교실을 모두 기웃거렸다. 내 발바닥 굳은살은 나무복도 위를 걸을 때는 아무런 소리도 내지 않는다.

　일학년 교실에서 아이들은 공부라기보다는 모여서 놀고 있었다. 선생님이 풍금으로 노래를 연주하면 아

이들은 머리 위로 손을 올려서 춤을 추었는데, 그 정도는 나도 따라서 출 수 있을 것 같았다. 선생님 쪽을 보지 않고 뒤로 돌아앉아서 장난치는 아이들도 있었고 춤추다 말고 화장실에 가는 아이들도 있었다. 화장실에 가는 아이가 교실 문을 열고 나오면 나는 재빨리 몸을 숨겼다.

오학년이나 육학년 교실에서는 선생님이 칠판에 세 자리 숫자를 써놓고 무언가를 가르치고 있었는데 나는 그게 무슨 공부인지 알 수 없었다. 나는 몸으로만 공부를 한다. 글씨나 숫자로 하는 공부는 무슨 공부인지 나는 알 필요 없다.

오륙학년들은 놀기도 기운차게 놀지만 공부도 기를 쓰고 한다. 오륙학년들은 공부하다 말고 화장실에 가는 아이들이 없어서 교실 안을 들여다보기가 편했다.

육학년이 된 영희는 키가 상큼하게 커서 교실 맨 뒷자리에 앉았다. 그래서 공부하는 영희를 엿볼 때는 교실 뒤 창문에 올라타야 잘 보였다. 영희가 책상 위로 머리를 숙이면 새카만 머리카락이 빛의 폭포처럼 반짝이며 흘러내렸다.

흰순이

머리를 낮추어서 아래쪽을 들여다보면 영희의 종아리와 발이 보였다. 공부 시간에 영희는 실내화를 벗어 놓고 있었는데, 양말도 신지 않은 맨발이었다. 영희의 둥근 발뒤꿈치에는 내 발바닥처럼 굳은살이 박여 있었다. 영희도 세상의 땅을 딛고 돌아다니니까 그런 굳은살이 박인 것이다.

나는 영희 발뒤꿈치의 굳은살을 보면서 영희가 내 친구라는 걸 알 수 있었다. 영희의 발 가운데는 잘록하게 패어서 내 발바닥과는 달랐고, 영희의 엄지발가락 밑의 둥근 분홍색 살은 폭신해 보였다.

공부 시간에 선생님이 아이들한테 질문을 하면 답을 아는 아이들은 손을 드는데, 영희는 자주 손을 들었고 대답도 잘했다. 영희는 공부를 잘하는 아이인 것 같았다.

학급자치 시간에는 선생님은 옆자리로 옮겨 앉고, 아이들끼리 교실의 일들을 의논했다. 그럴 때는 영희가 칠판 앞으로 나갔고 다른 아이들은 제자리에서 일어서서 말했다. 나는 사람보다 귀가 수십 배나 잘 들려서 교실 문밖에 엎드려서도 또렷이 들을 수 있었다. 내가 사람의 말을 잘 이해하지 못하는 부분이 있지만, 나중에 사람들이 하는 행동을 보면 그들이 모여서 무슨 말을 주고받았는지 대충은 알 수가 있다.

공부가 끝나면 아이들은 교실 청소를 해놓고 집으로 돌아가야 하는데 오륙학년들은 청소를 할 수 있지만, 일이학년들은 너무 어리고 장난이 심해서 청소를 할 수가 없었다. 바쁜 엄마들이 학교에 와서 청소를 해줄 수도 없었고 학교의 가난한 살림으로는 돈을 주고 청소하는 사람들을 데려올 수도 없었다.

학급자치 시간에 아이들은 모여서 이 문제를 의논했다. 영희가 칠판 앞에 나왔고 아이들은 다들 제 생각을 말했다. 의논을 마무리 짓는 데는 시간이 오래 걸렸다. 아이들이 날이 저물도록 집에 가지 않고 이야기를 나누었다.

결국 일학년 교실은 오학년이, 이학년 교실은 육학년이 청소해주기로 아이들은 정했다.

─그게 좋겠다. 다들 좋지?

라고 영희가 말하자 아이들은 모두 박수를 쳤다. 그러나 일이학년들도 청소하는 법을 배워야 하기에 오륙학년들과 함께 청소를 하며 비질 같은 쉬운 일이나 심부름을 시키기로 했다.

흰순이

유리창을 닦거나 바닥을 물걸레로 밀어서 닦는 일, 교실 천장에 붙은 거미줄을 떼어내는 일, 책상 걸상에 튀어나온 못대가리를 박는 일은 모두 오륙학년들이 했다. 이게 다 영희가 앞장서서 아이들과 의논해서 정한 일이었다.

영희는 또 수돗가에 가서 물동이에 물을 떠서 들고 오는 일, 유리창 중에서도 맨 꼭대기 높은 유리창을 닦는 일, 운동장에 나가서 잡초를 뽑고 땅을 파서 개똥을 묻는 일, 청소가 끝나고 쓰레기를 모아서 태우는 일, 쓰레기를 태울 때 불똥이 산 쪽으로 날아가지 않도록 감시하는 일은 모두 다 오륙학년 남자아이들이 하도록 정했다. 아이들은 모두 박수를 쳤고 영희의 결정에 따랐다. 오륙학년 여자아이들은 걸레를 빨아서 마룻바닥을 닦는 일, 커튼을 떼어서 먼지를 터는 일, 책상 걸상 위의 먼지를 닦는 일, 산에 가서 꽃을 꺾어 와서 선생님 책상 위에 꽂는 일을 했다.

일이학년들은 빗자루로 바닥을 쓸거나 젖은 걸레를 들고 나가 햇볕에 널었다. 일이학년들이 마루를 쓸 때 영희는 아이들에게 마스크를 씌워주었다. 마스크가 모자라면 손수건으로 입과 코를 싸매주었다. 비질을 할 때 일이학년들은 그 넓은 교실 바닥의 쓰레기를 한곳으로 쓸어서 끌어모으려고 애썼다. 영희는 빗자루를 뺏어 들고 아이들을 가르쳤다.

―애, 그렇게 하면 힘들어. 쓰레기를 끌고 다니지 마. 이렇게 조금씩 모아서 쓰레받기로 담아내야 해. 해봐. 어때, 더 쉽고 빠르지?

청소하다 말고 물동이의 물을 서로 끼얹으며 장난치던 일이학년들은 영희가 가까이 오면 모두 깔깔 웃어대며 달아났다. 장난칠 때 일이학년들은 다람쥐처럼 빨랐고 종달새처럼 재재거렸다.

앞발을 창문틀에 올리고 사람처럼 뒷다리로 서서 교실 안을 들여다보면서, 나는 정말로 사람이 되고 싶었다. 내가 사람이 될 수 없는 것은 내가 달을 밟을 수 없는 것과 같았다. 내가 사람의 아름다움에 홀려 있을 때, 사람들은 자기네들이 얼마나 아름다운지를 모르고 있었다.

흰순이

나는 학교 복도를 어슬렁거리면서 교실 안쪽을 들여다보다가 흰순이를 만났다. 그때 나는 육학년 교실을 엿보다가 머리를 너무 많이 내밀어서 아이들한테 들켰다. 선생님이 칠판 쪽으로 돌아섰을 때 아이들은 내 쪽을 바라보며 손가락질을 하더니 한꺼번에 웃음을 터뜨렸다.

　아이들은 길에서 개를 만나면 웃지 않는데, 개가 교실 안을 들여다보면 웃는다. 공부 시간에도 아이들은 웃을 거리만 찾고 있는 것 같았다. 선생님이 지시봉으로 칠판을 탁 치자 아이들은 웃음을 그쳤다. 선생님은 말했다.

―누구네 집 개냐?

아이들이 기다렸다는 듯이 대답했다.

―영희네 개요. 보리예요.

―영희야, 가서 보리 보내라. 공부할 때는 오지 말라고 그래. 너네 개 말 잘 듣지?

그러자 영희가 교실 문밖으로 나왔다. 나는 반가워서 영희한테 뛰어오르고 싶었지만 선생님이 무서워서 바닥에 몸을 납작 엎드리고 영희의 발등을 핥았다. 그러자 영희는 아주 무서운 소리로 나를 야단쳤다.

―이놈아, 집에 가. 니가 들여다보면 애들이 공부 못하잖아. 여긴 학교야. 너 선생님한테 혼날래?

그때, 선생님이 회초리를 들고 교실 문밖으로 나왔다. 나는 무서워서 복도 끝 쪽으로 달아났다.

복도 끝 쪽은 오학년 교실이었다. 오학년 교실 문 앞에도 흰 개 한 마리가 교실 안을 엿보다가 아이들한테 들켜서 쫓겨나는 판이었다. 그 흰 개도 나하고 똑같은 일을 당하고 있었다. 주인집 아이인 듯한 오학년 남자아이가 교실 문밖으로 나와서 때리는 시늉을 하면서 흰 개를 야단쳤다.

―흰순아, 집에 가. 너 이럴 거면 학교에 따라오지 마.

그래서 나는 그 흰 개 이름이 흰순이인 걸 알았다.

나는 복도 끝 현관을 지나서 운동장으로 도망쳤다. 흰순이도 도망쳐 나왔다. 축구 골대 앞에서, 흰순이는 잠깐 동안 내 앞에서 달아나지 않고 멈칫거렸다.

흰순이는 하얀 암캐였다. 새끼를 한 번도 낳지 않은, 젊은 암놈이었다. 허리는 잘록했고 뒷다리는 길고 날씬했다. 흰순이는 나처럼 진돗개는 아니었다. 흰순이는 진돗개도 삽살개도 풍산개도 아닌, 시골의 흔해 빠진 보통 개였다. 흰순이는 그 할머니의 할머니 때부터 사람들과 오래 함께 살아서 사람을 잘 따르는 순한 개였다. 얼굴 생김새도 오종종해서 사나운 기색이라고는 전혀 없었다. 족보도 없고 혈통도 없었지만, 잘난 척 안 하고 싸움도 하지 않고 착하게 살아가는 개였다.

봄에 막 털갈이를 해서 새로 돋은 흰 털에 윤기가 흘렀다. 콧잔등은 분홍색이었고 입속은 새빨갰다. 다 큰 개였지만 귀가 발딱 서지 않고 반쯤 접혀서 귀여워 보였다. 혓바닥은 뾰죽하고 맑았다. 탐스러운 꼬리가 위로 말려 있었는데, 꼬리 밑으로 새까맣고 깨끗한 똥구멍이 반짝거렸다.

흰순이의 눈은 크고 맑아서 속이 들여다보일 듯했다.

진돗개인 내 눈하고는 전혀 달랐다. 내 눈은 양쪽이 날카롭게 각이 선 삼각형이고 크기는 머리통에 비해서 작다. 작은 눈이 깊이 박혀서 찌르는 듯한 빛을 쏘아낸다. 내 눈빛은 한쪽을 노려보다가 갑자기 방향을 바꾸어 다른 쪽을 노려보기를 거듭하면서 움직이는 것들을 빠르고 정확하게 알아챈다.

흰순이의 눈은 노려보는 눈이 아니라 깊게 들여다보는 눈이었다. 눈빛은 세상을 쓰다듬듯이 부드러웠다. 달려들어서 싸워야 할 것들을 노려보는 눈빛이 아니라 세상을 받아들이는 눈빛이었다. 내 눈에 보이지 않는 모든 것이 흰순이의 눈에는 보일 듯싶었다. 이런 개가 이 세상에 태어나고, 또 살아서 돌아다닌다는 것은 놀라웠다.

흰순이는 농사짓는 동네의 개였다. 앞다리에서 배추밭 냄새가 났고 등에는 닭똥 냄새가 묻어 있었다. 나는 흰순이의 눈을 들여다보다가 가까이 다가가서 흰순이의 입에 코를 대고 냄새를 맡았다. 비리고 향기로운 냄새였다. 피가 거꾸로 돌듯이 정신이 아득했다.

그 냄새는 흰순이의 몸속 깊은 곳에서 배어 나왔다. 멀어서 아득한 냄새였는데 또 가까워서 내 몸에 가득 차는 냄새였다. 그 냄새를 빨아당기니까 내 몸이 다 녹아내리듯이 평화로웠다. 그런데, 이상하게도 그 평화로움 속에서 내 몸을 이끌고 흰순이의 몸속으로 건너가고 싶은 조바심이 끓어올랐다. 나는, 나도 모르게 혀를 내밀어서 흰순이의 입술 가장자리를 핥았다. 그러자 흰순이는 갑자기 뒤로 돌아서서 달아났다.

흰순이가 왜 달아났는지 나는 알 수 없었다. 흰순이에게 나의 냄새는 어땠을까. 나한테서 풍기는 수놈의 냄새가 견딜 수 없이 싫었던 것일까.

나는 흰순이보다 빨리 달릴 수 있었지만, 달아나는 흰순이를 뒤쫓지는 않았다. 흰순이를 겁주어서는 안 될 것만 같았다. 흰순이는 운동장을 가로질러 교문을 빠져나갔다. 흰순이는 논두렁길을 지나 언덕 위쪽으로 달려갔다. 달리는 흰순이의 발밑에서 먼지가 일었다. 흰순이가 언덕 너머로 사라질 때까지 나는 우두커니 바라보았다.

공부 시간이어서 운동장은 텅 비어 있었다. 꽃 핀 벚나무가 환하게 빛을 뿜어냈다. 빈 운동장에는 나와 꽃 핀 나무뿐이었다. 벚나무 꽃잎이 떨어져 바람에 날렸다. 날리는 꽃잎마다 봄빛이 반짝였다. 운동장은 희고 깨끗했다.

여기가 어딘가. 달 속인가. 나는 달 속의 개로 다시 태어난 것인가. 흰순이는 어디로 갔을까. 내가 좀 전에 흰순이를 만난 곳은 달 속이었을까. 잠에서 깨어나보니 흰순이는 꿈속으로 돌아가고 나는 달 속에서 태어난 것일까.

꽃잎은 눈처럼 쏟아져 내렸다. 빛의 조각들이 공중에서 부서지면서 반짝였다. 봄날, 바닷가에 나가면 물 위에서도 그런 빛들을 볼 수 있었다.

나는 뒷다리로 땅을 박차고 솟구쳐 올라 날리는 꽃잎을 입으로 받아먹었다. 꽃잎 속에서 흰순이의 모습이 어른거렸다. 꽃잎이 너무 많아서 나는 뛰고 또 뛰었다. 교실 쪽에서는 아이들의 노랫소리가 들렸고, 한꺼번에 까르르 웃는 웃음소리가 들렸다.

할머니가 주인님 댁으로 오셨다. 다니러 온 것이 아니라 아주 살러 온 거였다. 할머니가 오신 날 나는 너무 기뻐서 흙발로 할머니한테 뛰어오르다가 야단맞았다. 할머니는 키가 작아서 내가 펄쩍 뛰어오르면 내 앞발이 할머니 가슴에 닿는다. 할머니는 풀 먹인 새 옷을 입고 있었는데 할머니 치마에 흙이 묻었다. 내가 너무 높이 뛰어서 할머니 머리에도 흙이 튀었다. 사실, 그날 낮에 나는 바닷가에 나가 갯벌의 게 구멍을 파헤치며 돌아다녀서 발이 무척 더러웠다. 개는 신발을 신지 않기 때문에 어쩔 수가 없는 일이다.

　―이 주책없는 놈아. 저리 가.

할머니는 때리는 시늉만 했지 때리지는 않았다. 할머니는 나를 야단치기는 했지만

—저놈이 어렸을 때 헤어졌는데 나를 알아보네.

라면서 칭찬도 해주셨다.

내가 주인님의 차에 실려 고향을 떠나던 날 할머니는 물이 차오르는 배추밭에 주저앉아서 어린 배추를 뽑아 던지며 울었다.

…난 못 간다, 이놈들아. 이 배추로 김장 담가 먹고 내 고향 물귀신이 될 거여.

할머니의 울음소리는 아직도 내 귀에 쟁쟁하다.

마을은 물에 잠겼고 할머니는 결국 어쩔 수 없이 고향을 떠났다. 아무 도리 없는 일이었다. 할머니는 도시에서 작은 슈퍼마켓을 차린 큰아들 집으로 갔다. 떠날 때 트럭 운전사 옆자리에서 울면서 머리카락을 쥐어뜯었다. 큰아들은 고향 집과 땅을 내주는 값으로 보상금을 받아서 도회지에서 가게를 차렸는데 장사가 잘되어서 농사를 지을 때보다 힘은 덜 들었고 돈은 더 많이 벌었다.

큰아들 집은 새로 지은 아파트였다. 할머니는 큰아

들 집에서 일 년을 살고 나서 아파트는 답답하고 마음 붙일 곳이 없어서 못 살겠다며 바닷가의 작은아들 집으로 살러 온 것이었다.

내가 할머니한테 뛰어올랐을 때, 할머니 치마에서는 매캐한 석유 냄새인지 본드 냄새 같은 것이 풍겼다. 새로 지은 큰아들네 아파트 냄새였다. 내가 아는 할머니 냄새하고는 전혀 다른 냄새였다. 그 냄새를 맡는 순간, 나는 할머니가 작은아들네로 온 까닭을 알 수 있었다.

―난 콧구멍으로 흙냄새가 들어오지 않으면 못 살아.

라고 할머니는 말했다. 할머니는 나하고 똑같다.

주인님 집은 방이 세 개였다. 안방에서 주인님 부부와 영수가 잤고 영희는 건넌방에서 잤다. 할머니 방은 문간방이었다. 안방과 건넌방은 기름보일러였고 문간방은 아궁이에 장작을 때는 구들이었다. 마당에는 굵은 후박나무가 한 그루 서 있었고 댓돌 양쪽은 꽃밭이었다. 장독대는 뒷마당 햇볕 잘 드는 곳에 있었고 장독대 둘레에는 푸른 부추가 자라고 있었다. 장독대에서 풍기는 된장 냄새는 깊어서 가득 차는 냄새였고 부추에서는 가볍고 날카로운 향기가 났다.

밤에 내가 자는 개집은 후박나무 그늘 밑이었다. 후박나무는 잎이 커서 그늘이 짙었다. 여름에도 개집에 들어가 있으면 시원해서 나는 헉헉대지 않았다. 비 오는 날에는 싸질러다니기도 귀찮아서 개집에 들어가 있으면 비에 젖은 후박나무가 축축한 향기를 토해냈고, 후박나무 잎에 떨어지는 빗소리는 씩씩하고 시원했다.

겨울이 되자 할머니는 개집을 할머니 방 아궁이 옆으로 옮겨주었고 개집 바닥에 짚을 깔아주었다. 할머니는 저녁마다 아궁이에 장작불을 때고 잤다. 아궁이 옆은 따듯하고 포근했다. 내가 새벽까지 돌아다니다가 집으로 돌아와도 아궁이에는 그때까지 따듯한 불기운이 남아 있었다. 아궁이에서는 부드럽고 구수한 재 냄새가 났다. 재 냄새는 할머니의 몸 냄새와 닮아 있었다. 나는 아궁이 냄새를 들이마시며 밤마다 곤히 잠들었다.

할머니 방 아궁이에 때는 나무는 주인님이 마을 뒷산에서 가져왔다. 뒷산에는 나무들이 너무 빽빽했다. 나무들끼리 서로 거치적거려서 잘 자라지 못했다. 군청에서는 다섯 그루에 한 그루씩 나무를 잘라냈다. 잘라낸 나무는 누구나 가져가서 쓸 수 있었다.

주인님은 지게를 지고 산에 들어가서 통나무를 지어 왔다. 잔가지는 모두 낫으로 쳐버리고 굵은 기둥감만 지게에 실었다. 굵기는 맷돌짝만 했다. 주인님은 마당에서 전기톱으로 통나무를 잘랐다. 앵 소리를 내면서 전기톱이 돌아가면 톱밥이 불똥처럼 튀었다. 주인님은 자른 통나무를 마당에 널어놓고 햇볕에 말렸다. 나무의 흰 속살에 나이테가 드러났다. 어떤 나무는 속살이 분홍색이었다. 가을 햇볕에 나무가 말라가면서 풍기는 향기를 나는 사랑했다. 깊은 땅 밑을 흐르는 맑은 물의 향기와 산속에서 부는 바람의 향기와 가을 햇빛의 향기를 나무가 모두 빨아들여서 다시 토해냈다.

나는 혓바닥에 침을 잔뜩 묻혀서 나무를 핥아 먹었다. 달콤하고 비릿한 맛이었는데, 씹을 것도 없고 삼킬 것도 없어서 감질만 났다. 내가 나무를 핥아 먹는 꼴을 보고 할머니는 말했다.

—저 개가 아무래도 좀 이상하다. 뭘 먹겠다고 저러는 거냐?

내가 왜 그러는지 할머니는 몰라도 괜찮다.

통나무가 다 마르면 주인님은 도끼를 갈아서 나무를 팼다. 주인님의 도끼질 솜씨는 그야말로 최고였다. 도끼질을 할 때 주인님은 웃옷을 다 벗었다. 겨드랑 밑과 팔뚝에 근육이 꿈틀거렸고 앞가슴에는 나처럼 털이 나 있었다. 주인님이 도끼를 머리 위로 치켜들었다가 한 번 꽝 내리찍으면 맷돌짝만 한 통나무가 두 쪽으로 쫙 갈라졌다. 한 방에 두 쪽이었다.

주인님은 두 번 내리찍는 일이 없었다. 정확하게 한 방에 두 쪽이었다. 주인님은 아무 데나 내리찍는 것이 아니었다. 나무의 결이 모이고 흩어지는 고랑을 잘 들여다보고 나서 그 고랑에 정확하게 도끼날을 꽂았다. 나무는 도끼를 기다렸다는 듯이 큰 도끼날이 닿자마자 두 쪽으로 쪼개졌고, 쪼개지는 순간 나무의 속살에서 흰빛이 쏟아져 나왔다. 주인님이 큰 도끼를 휘두를 때 이마와 팔뚝에 달려 있던 땀방울이 바람에 날렸고 허공을 가르는 도끼날에서 햇빛이 번쩍거렸다.

주인님은 두 쪽이 난 통나무를 다시 세워놓고 이번에는 작은 도끼로 잘게 쪼개나갔다. 작은 도끼는 한 손으로 휘둘렀다. 주인님이 작은 도끼를 쓰는 모습은 나무를 쪼개는 것이 아니라 나물을 다듬는 것처럼 쉬워 보였다.

주인님이 장작 패는 모습을 구경하면서 나는 주인님

의 개가 된 것이 자랑스러웠지만, 멀리 튕겨 나간 장작 토막을 물어오는 일 이외에는 주인님을 도와드릴 수가 없었다. 주인님은 할머니 방 처마 밑에 장작을 쌓아놓아서 할머니 방은 겨우내 나무 향기에 휩싸여 있었고 아궁이의 불기는 내가 자는 개집까지 따듯하게 덥혀주었다.

할머니는 버려진 밭을 일구어 감자를 심었다. 주인님의 밭은 집 오른쪽에서 바닷가 쪽을 향해 낮아지는 비탈이었다. 경사가 심하지 않고 가장자리로 작은 개울이 흘러서 물을 끌어대기도 어렵지 않았다. 주인님은 늘 바다에 나가서 일했고 주인아주머니는 집안일에 매달려 있었다. 남을 빌려주려 해도 무 배추 값이 해마다 떨어져서 밭농사 지을 사람이 나서지 않았다. 밭은 일할 사람이 없이 버려져 있었다. 아까운 밭이었다.

할머니가 밭일을 시작할 때 주인님은

—어머니, 이제 그만 좀 부지런 떠시고 쉬세요. 아이들이나 챙겨주세요.

라며 말렸지만 할머니는 듣지 않았다.

—땅을 놀리면 벌 받는다. 노는 땅에 쪼이는 햇볕이 아깝지도 않냐?

라고 할머니는 말했다.

할머니는 호미 한 자루로 그 긴 밭고랑의 잡초를 모두 뽑았고 돌멩이를 골라냈다. 할머니의 몸은 야위었고 바람이 불면 날려갈 듯이 작았다. 밭고랑에 쪼그리고 앉은 할머니의 몸이 너무 작아서 나는 마음이 아팠다.

할머니는 늘 쪼그리고 앉아서 일했다. 앉은걸음으로 긴 밭고랑을 이쪽 끝에서 저쪽 끝까지, 다시 저쪽 끝에서 이쪽 끝까지 온종일 오가며 일했다. 할머니는 일할 때 늘 머리에 수건을 썼다. 멀리서 보면 수건만 보였다. 나는 동네에서 장난치다가 멀리 밭고랑 위에서 수건이 보이면 할머니가 궁금해서 밭으로 달려갔다. 일할 때 할머니는 종일 한마디 말도 하지 않았다. 할머니의 앉은걸음은 다른 사람들이 서서 걷는 것처럼 가볍고 빨랐다. 할머니는 가끔 일어서서 아픈 허리를 주먹으로 두들겼다.

동네에서 놓아 기르는 염소들이 밭으로 들어와서 감자 넝쿨을 밟고 다녔다. 할머니가 회초리로 때려주어도 염소들은 자꾸만 밭으로 들어왔다. 내가 짖으면서 달려들면 염소들은 달아났다가 나만 안 보이면 또 들어왔다. 어떤 놈들은 뿔로 나를 겨누며 싸울 듯이 폼을

흰순이

잡다가도 내가 시뻘건 입안을 크게 벌려서 송곳니를 세우고 으렁 으렁 으렁 겁을 주면 다 달아났다. 할머니는 밭에서 일하다가 염소가 나타나면 집 쪽에다 대고

　―보리야 보리야 이놈들 내보내라.

　라면서 나를 불렀다.

　염소보다도 더 골치 아픈 놈들은 들쥐였다. 들쥐는 수가 많았고 또 동작이 빨라서 잡기가 어려웠다. 땅을 파헤쳐서 어린 감자를 못 쓰게 만들었고 다 익은 감자를 갉아 먹었다. 들쥐가 갉아 먹으면 감자는 갉힌 자리가 썩어서 먹을 수가 없게 된다. 어떤 놈들은 아예 밭고랑 밑에 구멍을 파고 거기를 제집으로 삼아서 살기도 했다. 그 안에서 새끼를 낳은 놈들도 있었다. 들쥐한테서는 더러운 오줌 냄새가 났다. 나는 이 노린내가 딱 질색이었다. 정말로 더러운 놈들이었다.

　밭두렁에서 들쥐를 발견하면 달려가서 앞발로 찍어 눌러야 하는데 들쥐가 너무 빨라서 번번이 놓쳤다. 또 구멍 속으로 쏙 들어가버리면 어떻게 해볼 도리가 없었다. 내 수염을 구멍 안으로 들이밀어봐도 구멍이 너무 깊어서 그 끝이 어떻게 생겼는지를 알 수가 없었다. 구멍을 부수어서 쥐를 찾아내려고 앞발로 땅을 팠는

데, 끝을 찾을 수가 없었다. 밭을 망쳐놓았다고 할머니한테 야단만 맞았다.

그래서 나는 기다리기로 했다. 들쥐가 들어간 구멍에서 약간 멀리 떨어진 곳에서 몸을 납작 엎드리고 쥐가 다시 나올 때까지 기다리는 것이다. 눈을 잠시라도 구멍에서 떼면 쥐를 놓친다. 나는 구멍을 노려보면서 기다리고 또 기다렸다. 구멍에서 나올 때 쥐는 냉큼 뛰어나오지 않는다. 쥐는 대가리만 구멍 밖으로 내밀고 사방을 두리번거리며 살핀 후에 내가 없으면 나온다.

사방을 살필 때, 쥐 눈은 바늘 끝 같은 빛을 쏘아댄다. 쥐 대가리가 겨우 보일 때 덮치면 못 잡는다. 쥐는 다시 쏙 들어가버린다. 쥐를 잡을 때는 쥐의 몸뚱이가 구멍 밖으로 완전히 다 나왔을 때, 벼락처럼 덮쳐야 한다. 한 입에 물지 못하면 달아난다. 주인님이 도끼질을 하듯이 한 방에 날려버려야 하는 것이다. 나는 한나절씩 쥐구멍 앞에서 기다렸다가 몇 마리를 겨우 잡았다. 덮쳐서 깨물면, 뭉클하게 씹혔다. 입안에 쥐 피가 번졌고, 내 입안에 똥을 싸놓고 죽은 놈도 있었다. 더러운 맛이었다. 나는 쥐 피를 뱉어내고 혓바닥을 나뭇잎에 비벼서 닦았다.

가까스로 몇 마리를 잡아서 될 일이 아니었다. 쥐들의 수는 점점 불어났다. 내가 몇 마리를 깨물어 죽이니까 쥐들은 겁을 먹었는지 점점 구멍 밖으로 나오지도 않았다.

나는 내 오줌으로 쥐들을 쫓아버리기로 했다. 나는 쥐구멍마다 오줌을 싸 넣었다. 오줌은 뛰어난 효과가 있었다. 쥐들은 내 오줌 냄새를 맡고서 내가 늘 구멍 앞에서 기다리고 있는 줄로 알았다. 오줌만 싸놓으면 내가 딴 데 가서 놀아도 쥐구멍 앞을 지키고 있는 것과 같았다. 놀라운 오줌이었다. 나는 하루에 한 번씩 구멍 속으로 오줌을 싸 넣었다. 밖으로 나올 수 없게 된 쥐들은 땅속에서 굶어 죽었고 몇 마리는 딴 쪽으로 구멍을 뚫고 달아났다.

할머니가 넝쿨을 당기면 부드러운 흙 속에서 주먹만한 감자들이 줄줄이 달려 나왔다. 추운 날 할머니는 아궁이 불 속에 감자를 구워서 나에게도 주었다. 감자를 굽는 냄새는 부드러웠다. 감자 굽는 냄새를 맡으면 내가 주인집의 개라는 걸 확실히 알 수가 있다. 할머니는 나한테 구운 감자를 줄 때, 뜨거운 감자를 깨물면 내 이빨이 빠질까봐 식혀서 주었다. 그러나 할머니는 내가 어떻게 감자밭의 들쥐들을 쫓아버렸는지는 잘 모르는 것 같았다. 내 뜨겁고 독한 오줌의 힘을 말이다.

장마 때 며칠씩 장대비가 쏟아지면 주인님은 바다에 나가지 못했다. 태풍이 몰려와서 바다가 뒤집히는 날, 안개가 짙어서 무인등대 불빛이 보이지 않는 날, 밀물과 썰물이 사나운 보름사리와 그믐사리에도 주인님은 바다에 나가지 못했다. 주인님은 잡아 온 물고기 몇 마리를 선착장에서 돈과 바꾸어서 겨우 먹고살았다.

바다에 나가지 못하는 날 주인님은 돈을 벌 수가 없었다. 그런 날 주인님은 마을회관에 나가서 할 일이 없어진 사내들과 모여 술을 마셨다. 경로당은 마을회관 맞은편에 있었다.

—이 사람들아, 그렇게 평생 마시고도 술이 질리지

않는가.

사내들이 마을회관 마루에 둘러앉아 술을 마시면 경로당 할머니들이 어디선가 안줏거리를 마련해 내주었다. 할머니들은 언제 어디서나 먹을 것을 치마 속에 지니고 있는 것 같았다.

경로당은 할머니 방과 할아버지 방이 나뉘어 있었지만 다들 마루에서 함께 놀았다. 젊어서 다투던 부부들도 늙으면 함께 경로당에 와서 놀았다.

할아버지들은 밥때가 되어도 밥을 먹으려 하지 않았다.

—아 왜 하필 마(馬) 죽게 생긴 판에 밥을 먹으라는 거야.

하고 장기 두던 할아버지가 구시렁거리면,

—파리 덤비는데, 국 식기 전에 어서 드시오. 장기가 밥 먹여주나.

라고 구경하던 할머니가 핀잔했다.

비 오는 날은 나무와 풀들, 바다와 산들, 그리고 살아서 움직이는 모든 것의 깊은 안쪽에 숨겨져 있던 냄새들이 밖으로 배어 나온다. 그 냄새는 짙고 또 무거워서 낮게 깔린다. 나는 비 오는 날이면 종일 콧구멍을 벌름거리면서 쏘다녔다. 비 오는 날 내가 마을회관이나 경로당 안을 기웃거리면 할머니들이 나를 내쫓았다.

—어이구 이 개 비린내. 수놈들은 다들 냄새가 지독해. 비 오는 날은 코를 찔러. 저리 가라, 이 더러운 놈아.

비 오는 날, 내 몸의 냄새는 내가 맡기에도 지독했다. 내 핏속에서 스며 나오는 냄새였다. 어찌할 수가 없는 냄새였다. 그 냄새는 내 입과 콧구멍으로 토해졌고 내 몸 전체에서 풍겨 나왔다. 비 오는 날 개집 속에 웅크리고 앉아 있으면 내 몸은 그 냄새에 절여졌다.

내 몸 냄새가 내 코를 스칠 때 나는 수컷으로 태어난 신세가 슬프고 답답해서 견딜 수가 없었다. 나는 온몸을 비에 적셔가며 들판을 마구 달렸다.

비 오는 날, 마을회관에 모여서 할 일 없이 술 마시는 뱃사람들은 일하지 않을 때가 더 고단해 보였다. 나는 그 사내들을 향해 컹컹 짖었다.

—저놈이 술을 달라네. 가라 이놈아, 비 맞지 말고 집에 가.

술 마시던 주인님이 나를 나무랐다.

학교가 방학으로 문을 닫고 며칠째 장맛비가 계속 내리던 여름날, 나는 흰순이를 찾아 나섰다. 개집 속에서 앞발을 문밖으로 내밀고 발등에 떨어지는 빗물을 핥아 먹다가, 이렇게 앉아 있을 수는 없다는 생각이 치솟았다.

나는 흰순이네 집이 어디인지 알지 못했다. 지난 봄날, 벚꽃잎 날리던 학교 운동장에서 내가 다가가서 입술을 핥았을 때 갑자기 뒤돌아서서 달아나던 흰순이의 까만 똥구멍이 내 마음속에 별처럼 박혀 있었다. 그때 흰순이는 은사시나무 숲 사이로 뻗은 길을 따라서 언덕을 넘어 달려갔었다. 그 언덕 너머에는 넓은 들이 펼쳐지고 농사짓는 사람들이 모여 살고 있었다. 나는 그 동네를 뒤져볼 참이었다.

나는 비를 맞으며 흐느적흐느적 걸었다. 다 젖어서 더 젖을 것도 없었다. 수협 네거리에서 큰길을 건넜다. 큰길을 건널 때는 기다리다가 사람들이 건널 때 따라가면 된다.

언덕 아래로 펼쳐진 넓은 들의 가장자리에, 집들은 산을 기대서 모여 있었다. 논둑길이 구불구불한 옛날 동네였다. 논 한가운데 작은 정자가 서 있었고 큰 느티나무가 정자 위를 가려주었다. 낮은 안개가 띠처럼 들판을 흘렀다. 신바람 나는 일은 별로 많아 보이지 않았지만 흰순이가 살기에 알맞은, 조용한 마을이었다. 싸울 일도 짖을 일도 없어 보였다.

내가 한 번도 가보지 않은 마을이었다. 나는 학교를 중심으로 그 아래쪽 동네만을 나의 구역으로 정해놓고 있었다. 내리막이 시작되는 곳에서부터, 나는 백 걸음에 한 번씩 오줌을 싸면서 마을로 내려갔다. 오줌 냄새는 돌아갈 때 길잡이가 되어준다. 이럴 때는 오줌을 한꺼번에 다 싸버리면 큰일 난다. 아껴서, 중요한 자리에만 조금씩 싸놓아야 한다. 비 오는 날에는 오줌이 빗물에 씻기기 때문에 길바닥에 싸면 효과가 없다. 길옆 나무둥치 밑이나 돌멩이 틈에 싸놓아야 오줌 냄새가 오래간다. 나는 내 오줌으로 길을 이어가며 흰순이를 찾아갔다.

마을 입구 오리나무숲 가에서 오줌 쌀 자리를 찾느라고 코를 땅에 대고 벌름거리다가, 나는 무섭고도 징그러운 냄새를 맡았다. 다른 수놈이 싸놓은 오줌 냄새였다. 하루 전쯤에 싼 오줌이었는데 그 냄새는 막 싸서 김이 나듯이 강력했다. 무얼 먹고 쌌는지, 지린내 속에 생선 썩는 비린내가 섞여 있었다. 어둡고 사나운 냄새였다. 덩치가 크고 어깨가 딱 벌어지고 입안이 시뻘겋고 뒷다리가 늘씬한, 사나운 수컷의 모습이 내 마음에 떠올랐다. 내가 아직 마주치지 못한 엄청난 놈이 이 마을 언저리에 살면서 마을 전체를 제 구역으로 삼아 설치고 있는 모양이었다. 나는 그 낯선 수컷의 오줌 자리를 내 뜨거운 오줌으로 덮었다.

구불구불한 논둑길이 끝나는 곳에서부터 마을길이 시작되었다. 구부러진 논둑길을 천천히 걸어갈 때, 이 마을을 꽉 틀어잡고 있을 그 무서운 오줌의 주인이 나를 향해 달려오면 뒤돌아서서 달아날 일이 걱정되었다.

길은 구부러져 있었고 내가 처음 디뎌보는 땅이었다.

구부러진 길에서는 빠르게 달릴 수 없다. 급히 방향을 바꾸다가 옆으로 나뒹굴거나 허리를 삘 수도 있다. 논둑길은 외가닥이어서 피할 수도 없었고 논 안으로 뛰어들면 바닥에 발이 빠져서 끝장이 날 것이었다. 그 길이 흰순이에게로 가는 길이었다. 마을에는 일곱 집뿐이어서 흰순이네 집을 찾기는 어렵지 않았다. 나는 일곱 집을 모두 기웃거리며 안쪽을 살폈다.

흰순이네 집은 낡은 슬레이트를 얹은 볼품없는 집이었다. 집 안에는 사람의 기척이 없었고 흰순이는 대문 옆 개집 앞에 묶여 있었다. 나는 쥐똥나무 울타리 틈으로 들여다보았다.

흰순이는 목줄에 묶인 채 개집 안에 엎드려서 쏟아지는 빗줄기를 내다보고 있었다. 흰순이의 몸 냄새가 울타리 너머까지 끼쳐왔다. 나는 혀를 길게 내밀어서 휘둘렀지만 냄새를 핥아 먹을 수는 없었다.

흰순이의 새카만 눈동자는 움직이지 않고 한곳에 고정되어 있었다. 흰순이가 무엇을 보고 있는지 나는 알 수 없었지만, 흰순이의 눈길은 이 세상의 끝 쪽을 들여다보고 있는 듯했다. 작은 이마가 반듯했고 분홍색 콧잔등에 빗방울이 떨어져 있었다. 땅에서 풀이 돋아나듯이, 어디선지 새들이 날아오듯이, 저절로 이 세상에 태어난 개였다.

나는 흰순이네 집 쥐똥나무 울타리 밑 여러 곳에 오줌을 싸서 표시했다. 내가 오줌을 싸는 동안에도 흰순이는 꼼짝도 하지 않았다. 나는 나도 모르게 흰순이를 향해 컹컹 짖었다. 흰순이가 내 쪽을 돌아보았다. 쥐똥나무 틈새로, 나는 흰순이와 시선이 부딪쳤다. 흰순이는 말갛게 나를 쳐다보았다. 나를 쳐다보는 흰순이의 눈은, 저게 대체 무엇인가……라고 말하는 것 같았다. 나는 다시 한 번 컹컹 짖어주었다. 흰순이는 나를 계속 바라보면서 꼼짝도 하지 않았다. 남의 집 울타리 밑을 파고, 집 안으로 들어갈 수는 없었다.

그때, 흰순이의 주인인 늙은 농부 내외가 경운기를 몰고 집으로 돌아왔다. 비옷을 입은 농부가 경운기에서 내리더니, 자기네 집 울타리 안쪽을 기웃거리는 나를 발견하고 돌멩이를 집어 던졌다. 나는 맞지는 않았지만 달아날 수밖에 없었다.

마을에는 흰순이 이외에 다른 개는 없었다. 그 무서운 오줌의 주인은 이 마을 개가 아니라 다른 마을에 살면서 흰순이네 마을까지 휘젓고 다니는 모양이었다.

구부러진 논둑길을 따라서, 내 오줌 냄새를 더듬어 가면서 나는 집으로 돌아왔다. 밤이 늦어 있었다. 큰길을 건널 때 비에 젖은 주정뱅이들이 비틀거렸고 술집에서 혀 꼬부라진 노랫소리가 들렸다. 집에 도착하니, 주인님 가족들은 불을 끄고 잠들어 있었다. 대문은 잠겨 있었다. 나는 이럴 때를 대비해서 장독대 쪽으로 파 놓은 개구멍을 통해서 집 안으로 들어갔다. 배가 고팠으나 밥을 달라고 짖어댈 염치도 없었다. 나는 웅덩이에 고인 빗물을 혓바닥으로 찍어 먹었다.

나는 몸을 부르르 떨어서 빗물을 털어내고 개집 안으로 들어갔다. 개집 속은 비에 젖어 축축했다. 잠은 오지 않았고, 병이 나려는지 콧구멍 속이 화끈거리며 열이 올랐다. 빗줄기가 밤새 개집 양철 지붕을 두들겼다. 나는 잠들지 못했다.

나는 늘 주인님의 배를 타고 바다에 나가보고 싶었
지만, 주인님은 한 번도 나를 배에 태워주지 않았다.
주인님의 배는 썰물에 실려 나갔다가 밀물에 실려 돌
아왔다.

　주인님은 하늘에 걸린 달이 커지고 작아짐에 따라서
새벽에도 나가고 밤중에도 나갔다. 주인님은 시계를
보고 일하러 나가는 것이 아니라 달이 부르면 나가고
달이 집에 가라고 하면 돌아왔다.

　집에서 나갈 때 주인님은 배에서 쓰는 디젤 연료통이
며 낚시틀, 장화, 비옷 그리고 바다에서 먹을 도시락을
경운기에 싣고 선착장으로 갔다. 주인아주머니가 경운

기 짐칸에 타고 선착장까지 따라 나갔고, 나는 경운기 뒤를 쫓아갔다. 선착장에서 주인님은 물건들을 배로 옮겨 실었다. 주인아주머니가 옮기는 일을 거들었다.

—여보, 고기 없으면 그냥 돌아와요.

—어떻게 돌아와? 물이 들어와야 돌아오지.

주인님은 선착장 쇠말뚝에 묶인 밧줄을 풀고 시동을 걸었다. 2기통 엔진이 통통거리면 녹슨 굴뚝이 푸른 고리연기를 토해냈다. 배는 후진으로 나아가다가 전진으로 방향을 바꾸어 무인등대 사이를 빠져나갔다. 그럴 때면 나는 배에 타고 싶어서, 멀어져가는 배를 향해 우우우우 짖어댔지만 주인님은 거들떠보지도 않았다. 그래서 나는 주인님 몰래 배에 타기로 했다. 주인님보다 먼저 배에 올라가서 숨어 있기로 했다.

태풍이 지나가고 주인님이 며칠 만에 처음 배를 몰고 나가는 날 밤에 나는 주인님보다 먼저 선착장으로 나왔다. 주인님의 배는 선착장에 묶여 있었다. 나는 배 안으로 건너갔다. 갑판 밑에는 잡은 물고기를 살려서 넣어두는 어창이 두 개 있었다. 배가 나갈 때는 어창에 물이 채워져 있지 않았다. 나는 어창 뚜껑 손잡이를 입으로 물어서 열고 어창 안으로 들어갔다. 어창 안에서는 다시 어창 뚜껑을 닫을 수가 없었다. 머리를 내밀어서 목을 뻗어보았지만 어창 뚜껑 손잡이는 입에 물리지 않았다. 하는 수 없이 뚜껑이 열린 채 내버려두고 나는 어창 바닥에 납작 엎드렸다.

선착장 쪽에서 경운기 멈추는 소리가 들리고 주인님이 배로 건너왔다. 주인님은 열린 어창 뚜껑을 닫았는데, 그 밑바닥에 엎드린 나를 발견하지는 못했다. 시동이 걸리고 배는 나아갔다. 나는 어창 바닥에 몸을 깔고 배의 흔들림에 몸을 맡겼다. 얼마 후에 어창 바닥이 빙그르 돌면서 후진에서 전진으로 방향을 바꾸는 배의 회전이 몸에 느껴졌다. 주인님의 배는 무인등대 사이를 빠져나가는 중이었다.

이쯤에서 갑판 위로 뛰어 올라가면 주인님은 나를 돌려보내지 못할 것이었다. 거기서부터 선착장까지 헤엄을 쳐서 건너가라고 할 수는 없을 테니까. 나는 바다에서는 헤엄칠 수도 없다. 또 주인님은 나를 돌려보내기 위해 그 비싼 연료를 태워가며 선착장까지 다시 배를 돌리지는 않을 것이고 배가 닿을 때 밧줄 받아주는 개를 물에 빠져 죽으라고 뱃전에서 떠밀 수도 없을 것이었다.

나는 어창 뚜껑을 머리로 치받아 열어젖히고 갑판 위로 뛰어올랐다. 선실 안에서 핸들을 잡고 있던 주인님은 나를 보자 깜짝 놀랐다.

—아니 저놈이. 이놈아 어쩌자구…….

나는 주인님한테 야단맞을까봐 무서워서 갑판에 배를 깔고 납작 엎드려서 꼬리를 흔들었다. 뜻밖에도 주인님은 나를 야단치지 않았다.

—이리 온.

내가 기억하는 주인님의 목소리 중에서 가장 정다운 목소리였다. 배가 흔들렸고 나는 흔들리는 갑판에서 균형을 잡기가 어려웠다. 나는 갑판 바닥에 배를 깔고 지렁이처럼 기어서 주인님 옆으로 갔다.

—이놈아. 여긴 너 올 데가 아니야.

라면서 주인님은 내 머리를 쓰다듬어주었다.

밧줄로 배를 당길 때나 도끼로 장작을 쪼갤 때 주인님의 손아귀는 힘세고 거칠었지만, 그때 내 머리를 쓰다듬는 주인님의 손길은 부드럽고 따스했다. 아마도 주인님은 밤새도록 바다 위에서 혼자서 일하는 게 심심하고 적적해서 갑자기 나타난 내가 반갑기도 한 모양이었다. 그렇게 해서 나는 주인님의 배 위에서, 주인님과 단둘이서만, 주인님이 밤새 배에서 무슨 일을 하는지를 들여다보면서 하룻밤을 보낼 수가 있었다. 그때 나는 내가 주인님의 아들인 것처럼 느껴졌다.

섬 쪽으로는 등대가 없었고, 사람이 살지 않는 섬에는 민가의 등불조차 보이지 않았다. 주인님은 그 캄캄한 바다에서 어떻게 길을 찾는 것인지, 이리저리 핸들을 돌려 앞으로 나아갔다.

아무것도 보이지 않았다. 오직 어둠뿐이었다. 밤바다는 앞이 보이지 않아서 무서웠고, 배 바닥이 흔들려서 나는 몹시 불안했다. 땅만을 딛고 살아온 나는, 흔들리는 바닥이 얼마나 무서운지를 그때 처음 알았다.

주인님은 무서운 기색도 없이 속도를 높여서 섬 뒤쪽으로 돌아나갔다. 거기서부터는 구름에 가려서 달도 보이지 않았다. 밤일을 나온 배들의 등불 서너 개가 드문드문 흩어져 있었는데, 너무 멀어서 사람이 끌고 나온 배 같지 않았다. 거기서 주인님은 엔진을 끄고 선실 지붕 위의 등불을 켰다. 찌그러진 양재기로 갓을 씌운 등불이었다. 바람이 불어서 갓이 덜그렁거리며 흔들렸다. 주인님은 배 앞쪽으로 물풍선을 펴서, 물결에 밀리는 배를 고정했다. 엔진이 꺼지자 바다는 고요했다. 뱃전에 물결이 부딪치는 소리, 이따금 물 위로 치솟는 물고기들이 펄떡거리는 소리 이외에는 아무 소리도 들리지 않았다. 고요한 것이 그토록 무섭다는 것도 나는 그때 처음 알았다.

주인님은 주낙에 미끼를 걸어서 물 위로 던졌다. 주낙은 배 양쪽으로 모두 여섯 틀이 설치되어 있었다. 주인님이 쓰는 미끼는 루어 미끼였다. 작은 물고기처럼 생긴 쇳덩어리들을 바다에 던지면 진짜 물고기들이 가짜 물고기를 먹이인 줄 알고 삼킨다. 가짜 물고기는 생긴 것도 진짜 물고기와 똑같고 물속에 들어가면 물살에 꼬리와 몸통이 흔들린다. 살아서 움직이는 모양까지 모두 가짜지만, 진짜보다 더욱 진짜를 닮았다.

또 가짜 물고기에는 형광물질이 칠해져 있어서 어두운 물밑에서도 빛을 뿜어내면서 진짜 물고기들을 유혹한다. 이 빛나는 가짜 물고기의 가슴에는 날카로운 낚싯바늘과 미늘이 돋쳐 있다. 그래서 배가 고파서 이 가짜 물고기를 삼킨 진짜 물고기들은 모두 다 주인님의 밥이 된다. 주인님이 식구들과 함께 먹는 밥이 바로 물고기들이 삼켜야 하는 미끼였다. 밥과 미끼가 다 똑같은 것이었다.

주인님은 캄캄한 바다 밑으로 가짜 먹이를 풀어서 진짜 먹이를 잡고 있었다. 나는 주인님 곁으로 다가가서 가짜 물고기를 들여다보았다. 차가운 쇠 비린내가 풍겼고, 먹을 것이 아니었다. 물고기들은 그걸 모른다. 주인님이 가짜 먹이가 주렁주렁 매달린 주낙을 어두운 물 쪽으로 던질 때, 반딧불이 같은 가짜의 빛들이 반짝거리며 허공에 흩어졌다가 이내 물 밑으로 잠겼다.

미끼를 내려놓고 나서, 주인님은 뱃전에 기대앉아서 물고기가 오기를 기다렸다. 바람이 불자 주인님은 비옷을 꺼내 입고 앞섶을 여미었다. 물고기를 기다리면서 주인님은 소주를 조금씩 마셨고, 김치 조각을 손가락으로 집어 먹었다. 어디로 가는지, 새들이 끼룩끼룩 울면서 날아갔고 달을 가린 구름이 두터워지면서 어둠은 점점 짙어갔다. 바람이 세게 불어서 물살이 거칠어지자 주인님은 물풍선 하나를 더 펼쳐놓았고 흔들리는 전등갓을 철사로 고정했다. 주인님은 말없이 술을 마시면서 가끔 내 머리를 쓰다듬어주었다.

그때 나는 이 세상에서 가장 온순한 개가 되고 싶었다. 나는 주인님의 발치에 내 머리를 디밀고 조용히 엎드렸다.

물고기들의 입질이 신통치 않았던지, 주인님은 도르래를 돌려서 주낙을 들어 올렸다. 물고기는 한 마리도 물리지 않았다. 나는 주인님의 얼굴을 외면했다. 주인님은 물풍선을 걷고 엔진에 시동을 걸어서 다른 자리로 옮겨 갔다. 거기서 주인님은 다시 주낙을 던져놓고 기다렸다. 주인님은 도시락 보자기를 풀고 보온병 뚜껑을 열었다. 미역국 냄새가 풍겼다. 주인님은 양재기를 물에 헹궈 미역국을 붓고 거기다 밥 한 덩이를 말아서 내 앞으로 내밀었다. 주인님도 미역국에 밥을 말아서 먹었다.

바다는 고요했다. 주인님이 김치 무를 씹을 때 버석버석 소리가 났고 내가 혓바닥으로 미역국밥을 찍어 먹을 때 쩝쩝 소리가 났다. 주인님은 숟가락 가득히 밥을 퍼서 입을 크게 벌리고 먹었다. 주인님은 숟가락질 서너 번에 밥 한 그릇을 다 먹었다. 주인님이 밥을 삼킬 때 목울대가 흔들렸다. 그날, 배에서 주인님이 주신 미역국 맛은 깊고 부드러웠다. 희미해서 슬픈 맛이었다.

먼바다 쪽에 뿌연 새벽 기운이 퍼지기 시작했을 때 주인님은 주낙을 걷어 올렸다. 광어, 볼락, 우럭이 주렁주렁 매달려서 올라왔다. 주인님은 배 바닥에서 퍼덕거리는 물고기들의 주둥이를 벌리고 루어 미끼를 떼어냈다. 나는 퍼덕거리면서 뱃전 밖으로 뛰쳐나가려는 물고기들을 앞발로 눌렀다. 물고기 주둥이에서 나온 루어 미끼는 원래 모습 그대로였다. 물고기들은 미끼에 붙은 살 한 점도 먹지 못했다. 본래 아무런 먹을 것도 붙어 있지 않은 미끼였다. 주인님은 잡힌 물고기들을 어창 안으로 던졌다. 어창 뚜껑을 덮으면서 주인님은 혼잣소리처럼 중얼거렸다.

　―저놈이 따라와서 많이 잡혔나.

　우우우우……, 나는 동트는 수평선 쪽을 향해 길게 짖었다.

　―가자, 이놈아.

　주인님은 물풍선을 접고 시동을 걸어서 포구 쪽으로 향했다. 굴뚝이 푸른 고리연기를 토해냈고 주인님의 해진 깃발이 바람에 펄럭였다. 차갑고 푸른 아침의 빛이 물 위에 일렁거렸고, 무인등대 너머로 사람들이 사는 마을에 햇살이 퍼지고 있었다. 파도가 잠들어서 바다는 낮게 엎드려 있었다. 무인등대를 지나자 물 들어오는 갯벌 가운데로 긴 갯고랑이 드러났고 거기에 물이 고여 있었다. 주인님의 배는 갯고랑을 따라서 포구로 들어갔다.

갯고랑 어귀쯤에서 주인님에게 휴대전화가 걸려왔다. 주인아주머니의 전화였다. 주인아주머니는 밤새 내가 없어진 걸 남편에게 말하는 모양이었다.

—여기 있어. 이놈이 배에 숨어 있더라구.

주인아주머니가 선착장에 나와서 라면 끓일 준비를 하고 있었다. 영희도 따라 나와 있었다. 멀리, 주인님 식구들의 모습이 보이기 시작할 때 나는 선착장 쪽을 향해 우우우우 짖었다. 배가 닿자, 나는 주인님보다 먼저 선착장으로 뛰어내렸다.

—이놈아, 개가 배를 왜 타.

영희는 배에서 뛰어내리는 나를 보면서 깔깔 웃었다.

주인님이 뱃전에서 밧줄을 사려서 들었다.

—받아라, 보리.

밧줄이 날아왔다. 나는 땅을 박차고 솟구쳐 올라 밧줄 고리를 물어서 쇠말뚝에 걸었다.

광견병 예방주사를 맞는 날, 나는 내 목줄을 잡은 영희를 따라서 보건지소에 갔다. 나는 두 살이지만 다 큰 수놈이다. 영희가 잡은 목줄에 이끌려 예방주사를 맞으러 가는 일은 개에게는 지나친 호사 같아서 창피스러웠지만, 개가 저 혼자서 예방주사를 맞으러 갈 수는 없었다. 개 혼자 가면 사람들은 예방주사를 놓아주지도 않는다.

마을의 개들이 모두 다 보건지소 마당에 끌려와 있었다. 개들 중에는 마주치기만 하면 이유 없이 싸우려 드는 멍청한 놈들이 많아서, 개들은 보건지소 마당 둘레에 늘어선 나무나 말뚝에 띄엄띄엄 묶여서 차례를

흰순이

기다렸다. 수의사가 마당을 돌면서 한 마리씩 목덜미에 주사를 놓았다. 영희한테 끌려서 집을 나설 때 흰순이를 만날 수 있을까 설레었지만, 흰순이는 보이지 않았다.

그날 보건지소 마당에서, 비 오는 날 내가 흰순이를 찾아갈 때 오리나무 밑동에 그 무서운 오줌을 싸놓은 놈을 멀리서 보았다. 그놈은 미루나무 둥치에 묶인 채, 사방을 향해 마구 짖어댔고 낯선 개 한 마리가 마당으로 들어서면 또 짖어댔다. 눈에 띄는 모든 것을 향해서 짖어대는 놈이었다. 나무나 돌멩이를 보고도 짖을 놈 같았다. 그놈이 제힘을 믿고서 싸움을 일삼는 놈이라는 걸 나는 대번에 알 수 있었다. 이런 개들은 흔히 있다. 그놈의 주인은 돼지를 기르는 중년사내였다. 아마 그놈이 밥 먹고 하는 일은 돼지우리를 지키는 일이었을 것이다. 그놈이 앞다리를 들어서 허공을 긁으며 짖어대자 주인이 그놈을 나무랐다.

—악돌아, 시끄럽다. 짖지 마.

그놈의 이름은 악돌이였다. 이름의 느낌이 점잖지 못했다. 나는 열 걸음쯤 떨어진 말뚝에 묶여서 악돌이가 하는 짓을 세밀히 살폈다.

163

악돌이를 처음 보는 순간, 나는 저놈이 바로 비 오는 날 흰순이를 찾아갈 때 그 징그러운 오줌을 싸놓은 개라는 것을 직감했다. 나는 이럴 때는 한 번 척 보면 안다. 비 오는 날, 내가 그놈의 오줌 냄새를 맡고 상상했던 것과 똑같은 놈이었다. 덩치가 크고, 어깨가 딱 벌어지고, 입안이 시뻘겋고 뒷다리가 늘씬한 놈이었다.

악돌이는 도사견과 불독의 잡종인 듯싶었다. 아가리 양쪽에 무서운 근육이 붙어 있어서 씹고 물어뜯는 힘이 좋아 보였다. 그놈이 짖을 때 입속을 들여다보니까 허연 송곳니가 소의 뿔처럼 밖을 향해 굽어 있었다. 겁나는 송곳니였다. 목이 굵고, 어깨가 다부져서, 물린 채 그 밑에 깔리면 빠져나오기가 어려워 보였다. 그러나 살이 붙은 아랫배가 늘어지고 앞다리가 안쪽으로 굽은 걸로 보아 동작이 굼뜨고 달릴 때는 빠르지 못할 것 같았다.

저런 놈과 싸울 때는 넓은 들이나 탁 터진 모래밭이나 경사가 어느 정도 가파른 산비탈에서 붙어야 하겠구나. 도망갈 때는 비탈길이 나에게 유리하겠구나. 내가 달아나고 또 쳐들어갈 수 있는 공간이 넓어야 하겠구나. 좁은 골목이나 논둑길에서 붙으면 저놈의 아가리에 물려 죽을 수도 있겠구나.

악돌이가 짖어대자 보건지소 마당에 끌려온 개들은 아무도 짖지 않았다. 다들 꼬리를 내리고 딴 쪽을 바라보고 있다가 주사를 맞고 나면 주인한테 끌려서 돌아갔다. 악돌이는 돌아가는 개들을 향해 또 짖어댔다.

악돌이는 보건지소 앞길을 지나가는 사람들을 보고도 짖어댔다. 잘 들여다보니까 악돌이가 짖어대는 데는 자기 나름의 원칙이 있었다. 그놈은 우선 개라는 개는 눈에 띄기만 하면 짖어댔고 상대가 마주 짖으면 더욱 맹렬히 짖어댔다. 또 사람을 향해 짖을 때는 석유배달부나 공사장 인부, 머리에 짐을 인 할머니, 손수레를 끌고 가는 노점상처럼 옷차림이 허름하거나 힘이 없어 보이는 사람이 나타나면 어김없이 짖어댔다. 양복을 입고 넥타이를 맨 사내들이나 말쑥하게 차려입고 핸드백을 든 여자들, 정복을 입은 순경이나 군인이 지나갈 때 그놈은 짖지 않았다. 흰 가운을 입고 넥타이를 맨 수의사가 다가오자 그놈은 짖기를 멈추고 납작 엎드려서 꼬리를 흔들어가며 주사를 맞았다. 한심한 개라는 생각이 들었다.

주사를 맞고 나서, 그놈은 할 일을 다 했다는 듯이,

뒷다리 한쪽을 들고 나무둥치 밑에 오줌을 쌌다. 그놈의 오줌줄기에서는 솨솨 소리가 났고 오줌발이 땅에 부딪혀 흙이 패어나갔다. 그놈의 누런 오줌은 허연 김을 피워 올리면서 내 앞까지 흘러왔다. 장대비가 쏟아지던 날 흰순이를 찾아갈 때 처음 본 바로 그 오줌이었다. 치가 떨리고 피가 솟구치는 오줌이었다. 창자가 뒤틀리고 눈에서 불이 쏟아져 나가는 것 같았다.

소리는 몸 밖으로 울려 퍼지지 않았다. 소리는 몸속에서만 울렸다. 짖어지지 않는 소리가 몸속에 가득 차서 부글부글 끓었다. 몸은 터지지 않는 화산과도 같았다. 나는 내 마음을 어찌할 수가 없었다.

흰순이

겨울의 바람은 맑고 투명하다. 겨울에는 산과 들과 나무에서 물기가 빠져서 세상은 물씬거리지 않는다. 부딪치며 뒤섞이던 습기들은 땅속이나 나무들 속 깊이 잠겨서 밖으로 나오지 않고, 세상이 텅 빈 것처럼 콧구멍에 걸려드는 것이 없다. 그래서 쩽하게 추운 겨울날에는 멀리서 다가오는 작은 소리가 가늘고 곧게 퍼진다. 겨울에는 가느다란 소리들이 선명해진다.

세상의 소리들이 메말라서 깨끗해지는 겨울의 헐거움을 나는 좋아했다. 멀어서, 종잡을 수 없는 기척이 들려올 때 나는 그 어딘지 모를 먼 곳을 향해 빈 겨울 들판을 마구 달렸다. 그때 바람에서는 매운 기운이 풍겼다. 내 몸속은 찬바람으로 가득 찼고, 바람이 찰수록 내 콧구멍이 내뿜는 콧김은 뜨거웠다.

겨울밤에, 어두운 하늘에서 와글거리는 별들을 쳐다보며 개집 속에서 웅크리고 있을 때, 내 콧잔등에 와 닿는 공기는 차고 가벼웠다. 나는 서늘한 콧구멍을 벌름거리면서 온 세상이 빛과 힘으로 가득 차는 봄을 기다렸다. 나는 겨울이 힘들어서 봄을 기다린 것이 아니라 봄이 신기해서 봄을 기다렸다. 여름에, 나는 세상이 선명해지고 공기 중에 습기가 빠져서 별들이 가까워지는 겨울을 기다렸다.

겨울에도 주인님은 물때에 맞추어 매일같이 차가운 바다로 나아갔다. 주인님은 불붙은 연탄화덕을 배에 싣고 갔다. 밤바다에 낚시를 던져놓고 물고기를 기다릴 때, 주인님은 그 연탄화덕으로 언 발을 녹였다. 고깃배들이 돌아올 때, 선착장에서 기다리던 여자들은 구멍 뚫린 드럼통에 나무토막을 집어넣고 불을 땠다. 나는 바닷가 모래밭에 나뒹구는 마른 나무토막을 물어서 여자들에게 가져다주었다.

바다에서 돌아온 사내들은 드럼통 둘레에 모여서 불을 쬐면서 라면을 먹었다. 그때 나무토막이 타는 연기는 매캐했다. 사내들은 연기가 매워서 눈물을 찔끔거렸다. 나는 사람들이 흘리는 눈물을 먹어본 적은 없었지만, 새벽 선착장에서 나무토막이 타는 연기가 왠지 그 눈물의 맛을 닮았을 것이라고 생각했다. 나는 나무토막에서 뿜어져 나오는 새빨간 불길과 작은 바람에도 할딱거리면서 사위어가는 잉걸불을 바라보며 사내들 틈에 엎드려 있었다. 바다에서 얼어서 돌아온 사내들의 얼굴이 불길에 풀어지면서 붉게 달아올랐다. 다들 추워서 그런지, 겨울에는 사람들이 서로에게 더 따듯하게 대해주는 것 같았다.

바람이 잠들고 눈이 내리는 날, 세상은 낮고 고요해진다. 눈 내리는 겨울날, 이 세상은 맑고 차가운 기운으로 가득 찬다. 세상을 뒤덮고 쏟아져 내리는 그 흰 눈송이는, 내가 느낄 수 없었던 하늘의 기운 같기도 하고 구름의 맛 같기도 했다.

나는 눈보라를 헤치고 들판을 달렸다. 바람이 불어서 수염이 나부꼈고, 바람에 나부끼는 수염을 눈송이들이 스치고 지나갔다. 눈 쌓인 들을 달릴 때 내 발바닥 굳은살에 와 닿는 이 세상의 느낌은 깨끗하고 폭신했다. 눈썹에 눈송이들이 하얗게 엉겨붙고, 귓구멍 속에 눈이 가득 찰 때까지 나는 달리고 또 달렸고, 달리다가 멈춰 서서 땅을 박차고 솟구치면서 떨어지는 눈송이를 입으로 받아 먹었다.

내 세 살의 한 해가 시작되는 설날에도 눈이 내렸다. 며칠 전에 내린 눈 위에 새 눈이 또 내려서 세상은 포근하게 부풀었다. 그날 눈 내리는 들에 눈 구경을 나갔다가, 들판 저쪽을 걸어가는 흰순이를 보았다.

가을에 걷어낸 벼의 그루터기들이 눈에 덮여서 넓은 논은 끝없이 하얀 들판이었다. 배고픈 까치 몇 마리가 눈을 파헤치며 떨어진 낱알을 찾고 있었고, 들판의 저쪽 가장자리 논둑길은 쏟아지는 눈발 속에서 희미했다.

흰순이도 눈을 맞으러 나왔는지, 그 희미한 저쪽 논둑길 위에 주저앉아서 흰 들을 바라보고 있었다. 흰순이의 흰 몸 위에 흰 눈이 내려서 흰순이의 흰 몸은 그림자처럼 눈발 속으로 스며들었다. 흰순이의 새까만 눈동자 두 개와 새까만 코가 별처럼 보였다.

논 가운데를 긴 수로가 지나가고 있었다. 겨울이어서 수로에는 물이 빠져 있었으나 바닥이 너무 깊어서 나는 그 수로를 건너갈 수는 없었다. 나는 들판의 이쪽 가장자리에 쭈그리고 앉아서, 저쪽 논둑길에 쪼그리고 앉은 흰순이를 오랫동안 바라보았다.

눈발이 점점 굵어졌다. 바람이 눈을 휩쓸어 몰아갔다. 흰순이의 모습은 바람 속에서 나타났고 바람 속으로 사라졌다. 바람이 멈추고 눈발이 곱게 내릴 때 흰순이는 눈 속에서 희미한 윤곽만 보였고, 바람이 눈을 휩쓸어갈 때 흰순이는 바람이 쓸어가는 눈 속으로 사라졌다가 바람이 잠들면 다시 희미한 윤곽으로 나타났다.

날이 저물고, 흰순이는 돌아서서 집으로 돌아갔고, 흰순이가 없어진 빈 들판 가장자리에 나는 달이 뜰 때까지 앉아 있었다. 저녁은 푸르스름했고, 저녁의 시간은 비어서 심심했다.

5

배추

눈이 녹고 언 땅이 풀렸다. 봄의 흙은 들떠서 푸석푸석했다. 땅이 물러서 발바닥은 땅속으로 빠져들듯이 허전했다. 봄에는 땅이 물러서 겨울의 언 땅을 달릴 때처럼 속도를 낼 수가 없다. 봄의 들판을 달릴 때는 발바닥 굳은살이 따듯했고 햇볕에 부푼 고운 흙에 발가락 사이가 간지러웠다.

　봄의 들이 나를 유혹했는지, 나는 나도 모르게 흰순이네 마을을 향해 걸어가고 있었다. 한 해의 농사를 시작하는 농부들이 들판에 드문드문 흩어져서 일하고 있었다. 농부들은 수로에 흐르는 물을 가는 도랑으로 연결해서 논에 물을 끌어댔는데, 아직 모는 꽂혀 있지 않았다. 수로에는 다리가 없었다. 들판의 저쪽 가장자리로 가려면 논둑길을 따라서 빙 돌아가야 했다. 눈 내리던 겨울날, 들판을 휩쓸어가는 눈보라 사이로 흰순이의 희미한 모습을 보았던 그 길이었다.

그 길 저편에서 악돌이가 내 쪽을 향해 다가오고 있었다. 악돌이는 자기 구역을 확인하러 나왔는지, 길 군데군데에 오줌을 싸면서 다가왔다. 논둑길은 좁았고, 외가닥이어서 옆으로 돌아갈 길이 없었다. 물이 들어찬 논바닥은 질척거려서 뛰어내리면 발목까지 빠질 것이었다.

…아, 하필 이런 길에서.

나는 걸음을 멈추고 앞을 살폈다. 나와 악돌이 사이에서 외가닥 논둑길은 심하게 구부러져 있었다. 구부러진 길을 빠르게 달려서 빠져나가기는 쉽지 않다. 나는 좁은 길 위에서 악돌이와 부딪쳐야 했다. 나는 악돌이가 나에게 다가올 때까지 기다렸다.

악돌이는 딱 벌어진 어깨를 좌우로 흔들며 다가왔다. 악돌이는 맹렬하게 짖어댔다. 시뻘건 입가로 침이 흘렀다.

겁이나 무서움을 느낄 겨를조차 없었다. 이길 수 있

을지를 나는 생각하지 않았다. 내 몸과 마음은 무섭게 집중되어서 고요했다. 나는 짖지 않았다. 나는 뒷다리로 땅에 엉버티고 서서 한 걸음씩 나아갔다.

악돌이는 더욱 다가왔다. 내 앞에서 악돌이는 짖기를 멈추고 다리를 구부려 자세를 낮추었다.

…물리면 끝장이로구나. 정면으로 마주치지 말자. 저놈은 솟구치면서 달려들겠구나. 저놈이 솟구칠 때 그 밑으로 번개처럼 빠져나가자. 빠져나가서 돌아서자. 저놈이 다시 돌아서기 전에 내가 먼저 돌아서야 한다. 돌아서면서 뒤로 올라타자. 올라타서 목덜미 위쪽을 크게 물자. 물면서 네발로 저놈의 몸통을 끌어안고 늘어지자. 그런데 흰순아, 내가 빠르게 돌아서기에는 이 논둑길은 너무나 좁구나.

악돌이가 솟구쳤다. 벌어진 입은 지옥과도 같았다. 허연 송곳니가 번쩍거렸다. 나는 자세를 낮추고 악돌이의 밑을 통과했다. 나는 돌아섰다. 돌아설 때 왼쪽 다리가 좁은 논둑길 가로 빠졌다. 내가 헛디딘 왼쪽 다리를 수습해서 악돌이의 몸 위로 뛰어오르려 할 때, 아 아 그때 악돌이가 돌아섰다. 그놈의 뜨거운 콧김이 느껴지도록 가까운 거리였다. 그리고 정면이었다. 길은 좁았다. 다시 돌아서서 달리기에도 이미 늦었다.

　그다음은 자세히 기억나지 않는다. 악돌이가 내 왼쪽 허벅지를 물었고, 나는 물린 채로 오랫동안 버둥거리다가 악돌이의 볼과 입언저리를 물 수가 있었다. 나는 허벅지 깊이 그놈의 송곳니를 받으면서, 그놈의 입언저리를 물고 흔들었다. 내 송곳니가 그놈의 입안으로 뚫고 들어가서 그놈의 이빨 몇 개를 부수었다. 그놈의 아가리에서 힘이 빠져나갔고 나는 물린 왼쪽 허벅지를 겨우 빼낼 수 있었다.

　나는 집을 향해서 논둑길을 달렸다. 허벅지 뼈 속까지 그놈의 송곳니가 뚫고 들어와서 다리가 땅을 밟는 느낌은 구름을 밟은 것처럼 허허로웠는데, 그래도 나는 달렸다. 악돌이가 으르렁거리면서 나를 쫓아왔다. 악돌이의 속도는 빠르지 않았다. 다리를 절면서, 나는 죽을힘을 다해 달렸다. 다시 구부러진 길이 나타났다. 나는 꼬리를 왼쪽으로 눕혀 무게중심을 분산시키면서 오른쪽으로 방향을 바꾸었다. 악돌이는 그 구부러진 길을 빠르게 돌다가 논바닥으로 굴러떨어졌다. 악돌이의 네 다리가 질퍽거리는 흙 속으로 빠졌으나 나는 그 위로 뛰어내려서 물어뜯을 수가 없었다. 한참을 더 달

　　　　　　　　　　　　　　　배추

리다가 뒤돌아보니, 악돌이는 다시 논둑길 위로 올라와 있었다. 악돌이는 더 이상 쫓아오지는 않았다. 악돌이의 피가 묻어 있는 내 입언저리를 혀로 핥아냈다. 비리고 찝찔한 맛이었다. 나는 피 흐르는 왼쪽 뒷다리를 질질 끌면서 집으로 돌아왔다. 내 꼴을 보고 주인님은 나를 나무랐다.

　—저런 못된 놈. 온종일 안 보이더니 쌈박질이나 하고 돌아다녔구먼.

　못된 놈은 내가 아니라 악돌이였다. 나는 이기지 못했을 뿐이다. 주인님은 저녁밥도 주지 않았다. 나는 개집으로 들어가 엎드렸다. 물린 자리가 쑤셨고, 오한에 몸이 떨렸다. 나는 혀를 길게 빼서 물린 자리의 상처를 핥았다. 살점이 파이고 뼈가 으깨진 자리를 더운 혀로 핥아냈다. 상처가 혓바닥을 느끼는지, 혓바닥이 상처를 느끼는지는 구별할 수 없었지만 그 양쪽이 모두 내 불쌍한 몸이었다.

　그렇게 못되고 경우없는 놈이 그토록 강하다는 것은 알 수도 없고 인정할 수도 없었지만, 그놈은 어쨌든 강한 놈이었다. 개는 견딜 수 없는 것을 견뎌야 한다. 그러나 그것을 어찌 견딜 수 있단 말인가. 그렇다고 해서,

견딜 수 없다면 또 어떻게 할 것인가.

　고양이 몇 마리가 개집 앞에서 얼씬거리면서 추잡스럽게도 내 밥그릇에 말라붙은 밥알을 뜯어먹었지만 나는 짖을 힘도 없었고 뛰어나가서 쫓아버릴 수도 없었다. 나는 밤새 잠들지 못했다. 새벽에 비가 내렸고 갓 피어난 봄잎들이 빗속에서 수런거렸다.

　장마가 지나가고 여름이 다 갈 때까지 나는 개집 앞 말뚝에 묶여 있었다. 그것이 주인님이 나에게 내린 벌이었다. 내가 묶인 쇠줄은 다섯 걸음이 채 안 되는 짧은 줄이었다. 나는 묶인 자리에서 영희가 가져다주는 밥을 먹었고, 묶인 자리에서 똥오줌을 누었다. 나는 묶인 채 쇠줄 길이만큼의 동그라미를 맴돌며 약을 먹듯이 흙냄새를 빨아들였다.

　나는 때때로 앞발을 쳐들어 허공을 긁으며 우우우우 울었다. 비 내리는 밤에는 비를 향해 울었고 달 뜬 가을밤에는 달을 향해 울었다. 비와 달로부터는 아무런 대답이 없었다.

　악돌이가 이기고 내가 진 것은 아니었지만 내가 먼저 물린 것만은 분명했다. 그때 악돌이는 강했다. 나는 그 분명한 것이 견딜 수 없어서 앞발을 쳐들고 우우우우 울었다. 가죽끈이 채워진 목덜미가 쓰라렸고, 오랫동안 한자리에 주저앉아 있어서 발바닥 굳은살은 탄력을 잃고 풀어졌다. 바람을 쐬지 못한 수염은 비에 젖어서 늘어졌고 콧구멍 속은 늘 빈 것처럼 허전했다.

　—뼈가 뚫어졌어. 상처가 깊다. 서너 달은 지나야 나을 거야. 그때까지 밖에 내보내지 마라.

　다쳐서 돌아온 다음 날, 영희한테 이끌려서 동물병원에 갔을 때, 수의사는 그렇게 말했었다. 묶이지 않았다 하더라도, 내 망가진 몸을 이끌고 나는 집 밖으로 나갈 수는 없었다. 세상에는 사납고 무례하고 힘센 것과 달려가서 쫓아버려야 할 것들이 우글거리고 있었다. 혓바닥으로 상처를 핥으며 나는 여름내 묶여 있었다.

가을에, 나는 쇠줄에서 풀려났고 주인님은 파도에 휩쓸려 죽었다. 밤중에 바다로 나갔던 주인님은 날이 훤히 밝도록 돌아오지 않았고 휴대전화도 받지 않았다. 주인아주머니와 영희는 선착장에서 발을 구르며 무인등대 너머 수평선 쪽을 바라보았다.

　수평선 안쪽으로, 혹은 섬 모퉁이를 돌아서, 주인님의 배가 한 개의 점처럼 나타나서 푸른 고리연기를 뿜어내며 다가오기를 나는 기다렸다. 그러나 바다는 끝내 물과 바람뿐이었다. 나는 빈 바다를 향해 우우우우, 짖고 또 짖었다.

그날은 추석을 이틀 앞둔 보름사리였다. 바닷물은 멀리 빠지고 깊이 달려들었고 바람이 밀물을 몰아치고 썰물을 끌어내서 바다는 물결이 높았다.

물결이 높은 날, 주인님은 흔히 바다에 나가지 않고 마을회관에 나가서 사내들과 술을 마셨다. 그날은 먼 바다를 가로질러서 북쪽으로 올라가는 고기떼들이 육지 쪽으로 가까이 다가왔다는 소식이 마을에 전해졌다. 먼바다에 떠 있던 수백 톤짜리 큰 어선들도 고기떼를 좇아서 육지 쪽으로 다가왔다.

그 소식이 헛소문은 아니었다. 따듯한 바닷물이 육지로 다가오면 고기떼들은 물과 함께 다가왔다. 가까이 다가왔다고는 하지만, 고기떼들이 무인등대 안쪽까지 몰려온 것은 아니었고 수평선 언저리에서 우글거리고 있었다.

주인님의 2톤짜리 배는 엔진은 하나뿐이었고 힘은 20마력 정도였다. 사실, 그 거리는 주인님이 건너갈 수 있는 거리는 아니었다. 가까이 왔다고는 하지만, 주인님이 잡을 수 있는 고기는 아니었다. 더구나 그날, 보름사리의 바다는 사나웠다. 그런데도 주인님은 평소에 일하던 가까운 어장을 벗어나 수평선 쪽으로 나아갔다. 추석이 다가와서 돈 쓸 일은 많았고 눈앞에 어른 거리는 고기떼의 유혹을 주인님은 떨쳐버릴 수가 없었다.

수평선 쪽으로 나아갈 때 주인님은 낚시가 아니라 그물을 싣고 갔다고 한다. 그물이 터지게 올라오는 고기떼를 주인님은 마음속에 그렸을 것이다. 주인님이 수평선 쪽 어장에서 그물을 거두어 다시 포구로 향했을 때 밀물은 썰물로 바뀌었다. 바람이 썰물을 더욱 먼 바다로 밀어냈고 주인님의 작은 배는 물살과 바람을 헤칠 수가 없었다.

그날, 점심때가 되어도 주인님은 돌아오지 않았다. 돌아온 배들이 몇 척 있었다. 돌아온 배들은 주인님의 배보다 톤수가 컸는데, 평소보다 훨씬 더 많은 고기를 싣고 있었다. 그러나 바다에서 주인님의 마지막을 보았다는 사람은 없었다. 모처럼의 고기떼에 정신이 팔려서 다른 배를 쳐다볼 겨를이 없었다는 것이다.

주인아주머니와 영희는 물결 높은 바다를 바라보며 울었다. 파도의 떼들은 흰 거품을 옆으로 잇대어가면서 끝도 없이 달려들었다. 그 물결의 아득한 저쪽에서 주인님의 배가 한 개의 점으로 나타나서 다가오는 일은 끝내 일어나지 않았다. 할머니는 울다가 실신해서 병원으로 실려 갔다. 나는 바람 부는 바다를 향해 우우 우우 짖었다.

다음 날 아침에 바다는 잔잔해졌다. 해양경찰서 구조대원들이 주인님의 배를 찾으러 바다로 나아갔다. 파도에 찢긴 물풍선이 물 위에 떠 있었다. 물풍선은 물 밑에 잠긴 배와 밧줄로 연결되어 있었다. 그래서 주인님의 배가 빠진 지점은 쉽게 확인할 수 있었다.

잠수부들이 물밑으로 들어가서 주인님의 시체를 건져 올렸다. 주인님의 몸은 선실에 갇혀서 쓰러져 있었고, 주인님의 어창에는 잡은 고기가 가득 차서 퍼덕거리고 있었다고 잠수부들은 말했다.

배를 건져 올리는 데 드는 인건비와 장비사용료가 뱃값보다 훨씬 더 비쌌다. 주인님의 작은 배를 건져서 팔아도 턱없이 모자랐다. 수심이 깊지는 않았지만 잠수부들은 주인님의 배를 건져 올리지 않았다.

바다에 빠져 죽은 어부들의 넋은 물 밖 세상으로 나오지 못하고, 잃어버린 몸뚱이를 찾아서 어두운 물밑을 더듬고 헤매는 것이라고 늙은 어부들은 말했다. 그래서 마을 사람들은 물밑에서 건져 올린 어부의 시신을 집 안으로 모시지 않고 바닷가 공터에서 장사 지내서 바다에 가까운 언덕이나 앞섬에 묻었다.

주인님의 시신은 어업무선국 앞마당으로 실려 왔다. 마을 사람들이 모여서 천막을 치고 모닥불을 지폈다. 추석의 둥근달이 솟아올랐고, 달빛을 받은 바다는 비늘처럼 반짝거렸다. 주인아주머니와 영희, 영수는 땅바닥을 구르며 울었다. 사내들이 유가족을 마을회관 안 온돌방으로 데려갔다. 나는 모닥불 주변에 모여서 슬퍼하는 사내들 곁을 기웃거렸다.

—죽은 범수 저놈 말여, 저놈은 고기만 보면 환장을 하는 놈이여.

—고기 잡는 놈이 고기 보고 환장하는 게 뭐 어떻단 말이여.

—죽더라도 그렇지. 왜 하필 추석날 이 난리굿을 떠는 거여.

—추석에 죽으나 정월보름에 죽으나 무슨 차이 있는가.

사내들은 술을 마셔가며 그렇게 하나 마나 한 말들을 지껄이고 있었다. 나는 이따금 주인님의 관을 향해 우우우우 짖었다. 술 취한 사내가 나를 보고 중얼거렸다.

배추

─저놈이 주인 죽은 걸 아는가봐. 이놈아, 짖어도 소용없어. 물귀신은 개 짖는 소리도 못 들어.

어업무선국 뒤쪽으로 해안도로가 돌아나갔고 그 앞 바다에 바윗덩어리 몇 개가 물 위에 떠 있었다. 주인님의 어장은 그 바위 너머의 가까운 바다였다.

주인님은 그 어장이 빤히 내려다보이는 바닷가 언덕에 묻혔다. 거기는 물가에서 아주 가까운 곳이었다. 사람들은 상여도 없이 양쪽으로 관을 맞들고 언덕으로 올라갔다. 영희와 영수가 울면서 주인님의 사진을 들고 맨 앞에 서서 올라갔다. 어른들이 어쩌자고 어린 사람들에게 저런 일을 시키는 것인지 나는 알 수가 없었다. 사람들이 주인님의 관을 땅 밑으로 내리고 흙을 덮고 무덤자리를 밟을 때 무당이 방울을 흔들며 춤을 추었다. 나는 목울대를 하늘로 치켜세우고 우우우우 울었다. 내가 울자, 울음을 그쳤던 영수와 영희가 따라서 울었다. 아이들이 울자 어른들은 또 나를 나무랐다.

─아니 저놈의 개가…….

─냅둬. 저놈도 알 건 알아. 개들도 안다구.

나는 모른다. 주인님은 죽어서 땅 밑으로 들어갔지만 나는 죽음이 무엇인지 알 수가 없다. 주인님의 관이 땅속으로 내려갈 때 나는 울었지만, 죽음이 무엇인지를 알았기 때문에 운 것이 아니라, 그것이 대체 무엇인지를 도무지 알 길이 없어서 울었다.

사람의 몸을 나무 상자에 넣고 뚜껑에 못질해서 땅에 파묻는 것이 죽음인 모양이었다. 그렇다면 주인님의 몸에서 풍기던 그 경유 냄새와 밤바다에서 주인님이 나누어 준 그 미역국 맛과 가을에 마당에서 도끼로 장작을 쪼개던 주인님의 그 아름다운 근육과 땀방울은 다 어디로 사라지는 것인지를 나는 알 도리가 없었다.

주인님을 묻고 돌아온 날 밤은 별이 빛났다. 나는 마루 아래 댓돌 앞에 쭈그리고 앉아 있었다. 초상을 치르러 모인 영희네 큰아버지 댁 식구들과 친척들은 돌아가지 않고 함께 잤다. 댓돌 앞에는 신발이 많았다. 어른 신발도 있었고 아이들 신발도 있었다. 신발에서 사람들의 발 냄새가 났다. 사람들의 발 냄새는 다 똑같으면서도 제가끔 따로따로였다.

새벽에, 방 안에서 사람들이 잠들었는지 흐느껴 우는 소리가 멎었다. 달이 기울자 캄캄한 밤하늘에 별들이 도드라졌다. 별들은 반짝이면서 자기네들의 나라를 노래하는 것 같았다.

배추

주인님은 어디에 계시나. 주인님은 왜 땅속에 계시나. 나는 견딜 수 없었다. 나는 인정할 수 없었다. 나는 죽음이 무엇인지 알 수 없었기 때문에 죽음을 인정할 수 없었다. 이럴 수는 없고 이럴 리가 없고 이래야 할 아무런 이유도 없었다.

대문은 잠겨 있었다. 나는 장독대 옆 개구멍으로 빠져나왔다. 날이 밝아와서 별빛이 사위었고 해는 아직 뜨지 않았다. 나는 주인님이 묻힌 언덕을 향해 인적 없는 새벽길을 달렸다. 무덤자리는 2차선 도로 한 폭으로 바다와 떨어져 있었다. 태풍 때, 곤두서는 파도가 도로를 넘어서 달려들면 땅속의 주인님은 다시 바닷물 속으로 끌려갈 것이었다.

나는 무덤으로 올라갔다. 잔디는 아직 입히지 않았고 흙은 굳지 않아서 푸석거렸다. 나는 앞발로 봉분 가장자리를 파헤쳤다. 밑으로 파내려가기가 쉽지 않았다. 주인님은 깊이 묻혀 있었다. 내가 주인님의 몸에 닿으려면, 들쥐나 너구리처럼 좁고 길게 파들어가는 기술이 필요했다. 나에게는 그런 기술이 없었다.

나는 넓게 파내려갔다. 땅속을 향해 우우우우 짖어

대면 주인님이 흙을 털고 일어서서 땅 위로 걸어 나올 것이라고 나는 믿었다. 그런데 파들어가면, 언저리 흙이 무너져내리면서 판 자리를 메웠다. 일은 더디게 진행되었다. 흙 속으로 수염을 들이밀어봐도 주인님의 몸은 더듬어지지 않았다.

아침에, 나는 무덤을 돌아보러 온 할머니한테 들켰다. 할머니는 무덤에 입힐 뗏장을 머리에 이고 언덕을 올라왔다. 뗏장을 머리에 인 할머니의 작은 몸은 쓰러질 듯이 위태로워 보였다. 나는 무덤 파는 일을 멈추고 할머니한테 달려갔다.

—이놈아, 이 미친놈아. 쉬는 사람 무덤을 왜 파는 게야.

내가 저지른 짓을 보자, 할머니는 울면서 지팡이로 나를 때렸다. 모진 매였다. 나는 할머니 앞에 엎드려 주둥이를 땅에 박고 할머니의 매를 다 맞았다. 이제는 물에 잠겨 사라진 내 어렸을 적 마을에서, 우리 엄마가 갓 태어난 새끼를 삼켰을 때 엄마를 때리던 매보다 훨씬 더 모진 매였다.

—이놈아. 어쩌자고…….

할머니는 나를 때려서 슬픔을 삭이려는 것 같았다.

배추

나는 더 이상 견딜 수 없었다. 나는 산 위로 달아났다. 할머니는 나를 쫓아오지 못했다.

산 위에서 내려다보니 할머니는 내가 파낸 자리를 뗏장으로 메우고, 메운 자리를 발로 밟고 들뜬 흙을 쓸어냈다. 나는 다시 산에서 내려와 할머니 발치에 엎드렸다.

—이놈아. 무덤을 파도 살아나지는 못해. 그게 죽는 거여.

할머니는 내 머리를 쓰다듬으면서 또 울었다.

날이 밝아서, 마을에 햇살이 퍼졌다. 아침 새들이 숲에서 퍼덕거렸고, 다시 바다로 나아가는 사람들의 고깃배 두어 척이 푸른 고리연기를 토해내며 무인등대 사이를 빠져나가고 있었다.

악돌이가 설치고 돌아다니는 구역은 점점 넓어졌다. 악돌이네 집은 학교 뒷산 너머 돼지 기르는 마을이었다. 악돌이는 주인집 돼지우리 지키는 개였다. 돼지가 1천 마리가 넘는 집이었다. 경비견은 돼지우리 주변을 늘 돌아다녀야 했으므로 주인은 악돌이를 매어놓지 않았다.

악돌이는 주인이 시키는 일은 하지 않고 마을로 내려와서 구역을 넓혀나갔다. 돼지 기르는 동네의 아랫마을이 흰순이네 마을이었고, 넓은 논을 지나면 어시장과 수협이 들어선 네거리였다. 악돌이의 구역은 흰순이네 마을을 다 차지하고 논을 지나서 큰길을 넘어왔다.

배추

큰길 가로수 밑동까지 악돌이의 오줌 냄새는 진동했다. 악돌이가 차지한 구역 안에도 개들은 많았지만, 개다운 개가 없었다. 사람 옆에서 편히 얻어먹고 살아서 아랫배가 늘어진 놈들이거나 자신이 개인지 닭인지조차 모르고 종일 먹이를 찾아 쓰레기통을 헤집는 놈들뿐이었다. 다 컸다는 놈들의 덩치가 꼭 쥐새끼만 한 것들도 있었다.

이런 놈들은 짖을 때는 양철통 두드리는 소리가 났고 다리는 대개가 안짱다리였고 걸을 때는 종종걸음이었다. 살찐 집토끼 같은 것들과 마주칠 때 나는 역겨워서 피했다. 악돌이가 동네에 나와 돌아다니면 이런 놈들은 집 밖으로 나오지 못했고 집 안에서 밖을 향해 짖지도 못했다.

마을은 악돌이의 세상이 되어갔다. 악돌이는 자기 자신 이외에는 다른 개의 꼴을 참지 못하는 놈이었다. 마주치는 모든 개를 짖거나 물어뜯어서 쫓아버렸고, 허름해 보이는 사람들을 보면 물어뜯을 듯이 가까이 가서 송곳니를 내놓고 짖어댔다. 사람들이 작대기를 들어서 때리는 시늉을 하면 그놈은 일단 물러섰다가 다시 달려들었다.

악돌이는 사람들의 밭에 들어가서 모종을 밟고 다녔고 놓아기르는 닭들을 물어 죽였고 새끼 밴 암소를 겁주어서 유산시켰다. 힘세고, 사납고, 거칠 것이 없는 놈이었다.

학교에서 돌아오는 아이들의 길을 막고 행패를 부린 적도 있었다. 멀리서 아이들의 비명을 듣고 달려가보니 악돌이는 논둑길 가운데서 아이들을 가두어놓고 으르렁거렸다. 내가 달려가자 악돌이는 나를 향해 덤벼들었다. 나는 돌아서서 달아났고 악돌이는 나를 쫓아왔다. 나는 악돌이를 유인해서 달아남으로써 아이들의 길을 겨우 열어줄 수가 있었다.

주인님을 묻은 후 나는 어쩐지 주인님 식구들 곁을 지켜야 할 것 같아서 급한 볼일이 아니면 밖으로 나다니지 않았다. 그사이에 악돌이는 구역을 바싹바싹 넓혀왔다. 주인님의 무덤자리와 어업무선국 앞마당에까지 악돌이의 오줌 냄새는 넘어와 있었다.

마른 바람이 바스락거리는 초겨울 날을 골라서 나는 다시 논둑길을 멀리 돌아서 들판을 건너갔다. 흰순이네 집으로 가는 방향이었지만 나의 목표는 흰순이가 아니라 악돌이였다.

　주인님의 죽음을 겪은 후 나는 이길 수 있는 것과 이길 수 없는 것들을 구분하지 못하는 멍청한 개가 되어가고 있는 것 같았다.

　주인님은 끝내 돌아오지 않았다. 죽음을 이길 수는 없었지만, 인정할 수도 없었다. 견딜 수 없는 것을 견딜 수 있는 것인지, 악돌이를 만나서 해답을 찾아보기로 했다. 해답이 없다면, 해답이 없다는 사실만이라도 확인해야 했다.

그날, 흙에 습기가 빠지고 땅이 잘 말라서 발바닥 굳은살은 용수철이 튀듯 탄력을 받았다. 주인님의 무덤을 파헤치느라고 찢어졌던 발가락도 다 아물었다. 바스락거리는 바람은 결의 흐름이 날카롭게 살아 있었고, 그 바람 속에서 수염은 가벼웠고 민첩했다. 수염은 마치 바람인 것처럼, 보이지 않는 것들의 기척을 내 몸에 전했다.

악돌이의 벌어진 아가리는 내 입의 두 배였고, 송곳니는 낚싯바늘처럼 구부러져서 박히면 헤어나기 어려웠다. 악돌이의 어깨는 넓고 완강했고, 앞다리가 안으로 구부러져서 좌우로 흔드는 힘이 놀라웠다. 악돌이가 입에 문 것을 좌우로 흔들 때, 악돌이의 전 체중이 목에 실렸다.

악돌이의 정면은 나의 지옥이었다. 악돌이의 입과 내 입이 정면에서 마주 물고 물려도, 내 송곳니가 악돌이의 아래턱을 뚫기 전에 악돌이의 송곳니가 내 입천장을 부술 것이었다. 그렇게 물고 물린 상태에서 악돌이가 흔들어대면 나는 다시 공격 위치를 수습하기 어려울 것이었다. 나는 넓은 자리가 필요했다.

흰순이네 마을 입구 정자나무 그늘 밑에, 악돌이는 앉아 있었다. 사람들은 모두 논밭으로 일하러 나갔고, 넓은 그늘을 악돌이는 혼자서 차지하고 혓바닥으로 털을 핥으며 몸치장을 하고 있었다. 혓바닥 끝에서 허연 침이 흘렀고 송곳니가 햇빛에 번쩍거렸다.

나는 다가갔다. 악돌이의 눈이 허옇게 뒤집혔다. 악돌이는 일어서서 달려들었다. 나는 돌아서서 달렸다. 악돌이가 으르렁거리며 쫓아왔다. 나는 쫓아오는 악돌이에게 가장 가까운 거리를 내주면서 달렸다. 악돌이는 잡힐 듯 잡힐 듯 달아나는 나를 끝까지 따라와주었다.

양계장 마을을 지나면 건조장 앞쪽으로 넓은 공터가 있었다. 땅은 굳어서 단단했고, 여기저기 바위가 박혀 있어서, 위에서 아래로 공격하기에 좋았다. 거기가 내가 작정해놓은 싸움자리였다. 거기까지 악돌이는 따라왔다.

나는 공격 방향을 수시로 바꾸면서 멀리서 달려들었다. 악돌이는 멈춘 자리에서 몸통의 방향만을 바꾸면서 나를 맞았다. 악돌이는 나를 정면으로 받으려 했고 나는 악돌이의 옆구리나 목 뒷덜미를 겨누었다.

　나는 악돌이의 오른쪽을 향해 달려들었다. 악돌이의 몸이 오른쪽으로 쏠렸다. 달려들다가, 나는 갑자기 왼쪽으로 방향을 바꾸었다. 오른쪽으로 쏠린 악돌이는 갑자기 왼쪽으로 몸을 틀지 못하고 뒤뚱거렸다. 나는 악돌이의 뒷등으로 몸을 날렸다. 악돌이가 돌아서면서 정면으로 입을 벌렸다. 나는 물러섰다. 나는 바위 위로 뛰어 올라갔다. 악돌이가 바위 밑으로 따라왔다. 나는 악돌이의 등을 향해 내리덮쳤다. 악돌이는 옆으로 피했다. 나는 땅바닥에 나뒹굴면서 빠르게 자세를 수습했다.

　나는 몸과 몸이 엉켜서 뒹구는 싸움은 딱 질색이었다. 그러나 개들은 엉키지 않으면 싸울 수가 없다. 개들은 사람들이 권투를 하듯이, 총싸움을 하듯이 싸울 수가 없다.

　지나간 싸움은 자세히 기억나지 않는다. 끊어질 듯이 집중되고 터질 듯이 격렬했던 순간들이 꿈속처럼 뿌옇게 풀어졌다.

　그날 악돌이와 몸이 엉키긴 엉켰다. 더럽고 힘센 몸

이었고, 적개심에 불타는 몸이었다. 입과 입이 마주 포개져서 물리는 일은 겨우 피해갔다. 악돌이의 밑에 깔려서, 위에서 짓누르는 산더미 같은 무게를 튕겨내려고 버둥거렸던 기억이 난다. 어떻게 집에까지 돌아왔는지는 기억이 없다. 나는 마당 웅덩이에 고인 물을 찍어 먹고 쓰러졌다.

그날 밤의 잠은 죽음과도 같았다. 아침에 깨어보니 앞다리가 욱신거렸고 입 양쪽이 찢어져 있었다. 눈썹 위 수염이 빠져나갔고 꼬리뼈가 삐어 있었다. 아마, 악돌이도 성치는 못했을 것이다. 내가 당한 만큼 악돌이도 당해서 돌아갔을 것이 틀림없었다. 나는 네 다리로 땅을 딛지 못할 정도로 지쳤으나, 내 물음에 대한 해답은 없었다. 견딜 수 없는 것을 견딜 수 있는 것인지 나는 여전히 알 수 없었다.

영희네 집은 주인님의 갑작스러운 죽음이 몰고 온 충격에서 벗어날 수 없었다. 영희네 집 살림은 전적으로 주인님이 바다에서 건져 올리는 물고기 몇 마리에 기대고 있었다. 배를 잃고, 주인님을 잃었으므로 영희네 집은 그 바닷가 마을에서 더는 삶을 버티어낼 수가 없었다.

주인아주머니는 정치망 어장의 권리를 이웃 어부에게 팔았다. 정치망 어장은 바다라기보다는 밭에 가까웠다. 수심이 낮은 물밑에 말뚝을 박고 눈금이 가는 그물을 빙 둘러 쳐놓은 곳이었다. 넓은 입구가 안쪽으로 들어가면서 점점 좁아져서 한번 들어온 물고기들은 빠

배추

져나가기 어려웠다. 밀물을 따라 들어온 물고기 몇 마리가 어쩌다가 그 안으로 들어왔다가 썰물 때도 빠져나가지 못하고 낮은 물속에서 철퍼덕거렸다. 한 마리도 들어오지 않은 날도 있었다. 썰물 때 주인님은 갯고랑을 따라서 배를 타고 나가서 돌아가지 못한 물고기 몇 마리를 뜰채로 건져왔다.

정치망에서 건진 물고기는 씨알이 작은 잡어들이었다. 그 고기들은 돈으로 바꿀 수가 없었고 모두 집에서 반찬으로 먹었다. 너무 작은 고기들은 끓여서 개밥을 만들어 나에게도 주었다. 주인아주머니가 정치망 어장을 넘겨주고 받은 돈은 얼마 되지 않았을 것이다.

어장을 넘길 때 주인님이 쓰던 뜰채, 갈고리, 소쿠리며 뚫어진 그물을 꿰맬 때 쓰는 나일론 실과 바늘 뭉치도 끼워서 넘겨주었다. 주인님의 무덤에서 빤히 내려다보이는 그 정치망 어장은 이제는 주인님의 어장이 아니었다.

봄에, 주인님 무덤의 잔디는 파랗게 돋아났다. 바람이 불어서 물결이 높은 날이나 달이 물을 멀리 끌어내고 깊이 들이미는 밤에 나는 가끔 주인님 무덤으로 올라갔다. 할머니한테 매를 맞은 다음부터 나는 주인님 무덤의 흙을 파지는 않았지만, 죽어서 땅에 묻힌다는 일을 여전히 이해할 수 없었고 인정할 수 없었다.

주인아주머니는 도회지에서 슈퍼마켓을 차린 영희네 큰아버지 곁으로 가기로 결정하고 살던 집을 팔려고 내놓았다. 영희도 중학생이어서 아무래도 도회지로 가기는 가야 할 것이었다. 주인아주머니가 할머니한테 하는 얘기를 엿들으니 도회지에서 영희네가 살게 될 집은 아파트인 모양이었다. 나처럼 큰 개는 아파트에서 살 수가 없다. 나는 주인님의 식구들과 살 수 있는 날이 얼마 남지 않았음을 알았다.

나는 남은 하루하루를 긴장하고 있었고 되도록 밖으로 싸돌아다니지 않고 집 안에 머물렀다. 나는 댓돌 위에 벗어놓은 신발짝이며 할머니 방 아궁이, 마루 밑, 부엌, 뒤란의 부추밭, 헛간에 버려진 주인님의 손때 묻은 연장들을 샅샅이 냄새 맡았고 핥아 먹었다. 그것이 내 마지막 날들의 일과였다.

집은 팔리지 않았다. 주인아주머니는 적금을 찾고 수협에서 돈을 꾸어서 도회지에 아파트를 장만했다. 살던 집은 사겠다는 사람이 나타날 때까지 빈집으로 버려두고 떠날 모양이었다. 몇월 며칠인지 알 수 없는 내 마지막 날은 하루하루 다가오고 있었다. 나는 외출하지 않았다. 아마도 내가 집 안에 오래 머문 동안 악돌이의 구역은 점점 넓어지고 있을 것이었다.

그 마지막 며칠 동안에도 날마다 바람은 먼 수평선 쪽의 기척을 몰아왔다. 아침마다 바다는 유순한 잿빛의 어둠 속으로부터 맑은 빛을 밀어올리면서 깨어났고 저녁이면 저무는 빛들이 수평선 너머까지 빛의 다리를 이루며 반짝였는데, 나는 그 다리 위를 달려서 수평선 너머로 건너갈 수는 없었다.

주인아주머니는 이웃에서 얻은 물고기 몇 마리를 배를 가르고 내장을 발라서 나뭇가지에 걸어놓고 말렸다. 나무에 매달린 물고기의 속살은 아침의 첫 햇살처럼 투명한 분홍색이었고 그 속에서 잔가시들이 내비쳤다. 저무는 노을이 물고기의 속살을 비출 때 잔가시들은 선명하게 도드라져 보였고 엷은 비린내가 풍겼다.

내 마지막 며칠 동안에도, 주인아주머니의 물고기들은 나뭇가지에 그렇게 매달려서 저녁을 맞았다. 주린 고양이들이 물고기를 먹으려고 나무 위로 올라가려다가 내가 마루 밑에 앉아 있으면 가까이 오지 못했고 새들도 덤벼들지 못했다.

주인아주머니가 장독에서 된장 고추장을 퍼서 그릇에 담고 헛간의 연장들을 묶어서 고철장수에게 팔던 날, 나는 결국 마지막 날이 가까웠음을 알았다.

그날, 나는 논둑길을 멀리 돌아서 흰순이네 마을로 향했다. 흰순이의 하얀 몸과 분홍색 콧잔등을 내 마음속에 도장을 찍듯이 새겨넣고 싶었다. 장마가 끝나고 습기가 걷힌 논둑길은 잘 말라서 흙냄새와 풀 냄새, 그리고 익어가는 벼 냄새가 서로 섞여들지 않았다.

논둑길 곳곳에 악돌이의 오줌 냄새가 남아 있었다. 이상하게도 그 오줌 냄새는 오래전에 싸놓은 희미한 냄새였다. 논둑길을 다 건너갈 때까지, 새로 싸놓은 오줌 냄새는 없었다.

악돌이는 어디로 갔을까. 악돌이는 또 다른 마을을 설치고 다니면서 거기서 새로운 구역을 열어나가고 있는 것일까. 아니면 지나가는 사람들을 겁주어서 주인한테 벌을 받느라고 묶여 있는 것일까. 악돌이의 냄새가 빠져나간 들판을 건너갈 때, 사나운 적들이 모두 숨어버린 조용한 마을로 들어가는 것처럼 목덜미가 으스스했다. 나는 자주 뒤를 돌아보며 흰순이네 마을로 향했다.

흰순이네 집 옆에는 무너진 저온창고가 잡초에 뒤덮여 있었다. 건물 옆으로 계단이 놓여 있어 지붕 위로 올라갈 수 있었다. 나는 창고 지붕 위로 올라갔다. 거기서 흰순이네 집 마당이 가까이 내려다보였다.

생후 두 달쯤 돼 보이는 강아지 네 마리가 뒤엉켜서 놀고 있었다. 가을빛이 자글거리는 마당에서 강아지들은 누워서 버둥거렸고, 서로 올라타고 파고들었다. 강아지들은 몸속에서 터져 나오는 기쁨을 억누를 수가 없는 녀석들처럼 뒹굴면서 뒤엉켰고 앞다리를 들어서 서로를 껴안고 깨물고 핥았다.

창고 지붕에서 나는 몸을 바닥에 낮게 깔고 숨을 죽

이며 마당을 내려다보았다. 두 마리는 흰 털이었고 두 마리는 누런 털이었다. 강아지들은 어리기는 했으나 벌써 몸매의 틀이 드러나기 시작했다. 어깨가 딱 벌어지고 앞다리가 조금 안쪽으로 굽었고, 걸어갈 때 등의 근육이 실룩거렸다. 입이 컸고, 볼 양쪽의 근육이 발달해 있었고, 목이 굵었다. 아직 어려서 송곳니는 솟아나지 않았지만 악돌이의 새끼들이라는 것을 직감으로 알 수 있었다. 흰순이는 개집 안에서 머리만 밖으로 내밀고 새끼들의 놀이를 바라보고 있었다.

흰순이의 몸은 저절로 새끼를 낳아야 할 때가 되었을 것이었다. 흰순이가 풀이나 나무처럼 저절로 세상에 생겨난 개이듯이, 새끼를 낳아야 할 때는 저절로 흰순이의 몸에 찾아왔을 것이었다. 흰순이는 개 한 마리가 아니라, 이 세상의 암놈 전체와 맞먹는 커다란 개, 그래서 주인도 없고 수놈도 없는 정체불명의 개인 것처럼 느껴졌다.

강아지들은 어린 목소리로 앙알앙알대면서 뒹굴고 놀았다. 노는 기세가 힘찼다. 거침없고 스스럼없이 달아나고 쫓아가고 맴돌고 올라타며 놀았다. 저런 어린 것들을 빚어내는 씨앗이 악돌이의 몸속에 살아 있다는 것을 믿을 수 없었지만, 갓 돋아난 여린 털 위에 가을 햇빛을 받아가며 뒹굴고 뒤엉키는 어린 개들은 영롱하게 반짝이고 있었다.

흰순이가 개집 밖으로 나왔다. 작고 반듯한 이마와 분홍색 콧잔등이 내 쪽으로 다가왔다. 흰순이의 아랫배에 무거운 젖이 늘어져 있었다.

흰순이는 마당을 가로질러서 볕바른 장독대 앞에 배를 깔고 앉았다. 새끼들이 어미에게로 달려갔다. 흰순이는 몸을 비스듬히 눕혀서 새끼들에게 배를 열어주었다. 새끼들이 어미의 배로 달려들었다. 내가 어려서 젖을 빨 때 엄마의 맨 아래쪽 젖꼭지를 차지하려고 형제들과 다투었듯이, 악돌이의 새끼들도 흰순이의 아래쪽 젖꼭지로 파고들었다. 흰순이는 가끔씩 몸을 뒤채면서 아래쪽 젖꼭지를 새끼 네 마리에게 골고루 물려주었다. 배불리 먹은 새끼들은 다시 마당에서 뒹굴며 놀았고 흰순이는 개집으로 들어갔다.

나는 흰순이가 눈치채지 못하게 조용히 저온창고 지붕을 내려왔다.

저물녘에 집으로 돌아왔다. 돌아오는 길목의 들판은 익어가는 벼의 향기로 가득 차 있었다. 저녁 무렵에는 나무나 벼의 향기가 선명해진다. 그래서 저녁 무렵 내 콧구멍 속은 산들바람이 이는 것처럼 간지럽다.

우물가 감나무 가지에서 주인아주머니의 마른 물고기 몇 마리가 분홍빛 속살로 저녁 햇살을 받고 있었다.

죽은 주인님의 첫 제사를 치르고 나서 영희네는 바닷가 마을을 떠났다. 짐은 트럭이 싣고 갔고, 영희네 큰아버지가 승용차를 몰고 와서 영희네 식구들을 태우고 갔다. 트럭이 앞섰고 승용차가 뒤따랐다.

영희네 식구를 태운 승용차는 어업무선국 앞을 지나서 주인님의 무덤가 도로에서 멈추었다. 식구들은 차에서 내려 무덤으로 걸어 올라갔다. 영희네 큰아버지가 무덤가에 웃자란 가을 풀을 낫으로 걷어냈다. 굵은 메뚜기들이 풀 속에서 뛰었다. 주인아주머니가 무덤 앞에 소주와 과일을 차려놓고 영희와 영수를 앞세워 두 번 절했다.

사람들은 결국 이런 식으로 죽음을 인정하는 모양이었다. 인정이라기보다는, 그렇게 술을 따르고 절을 함으로써 인정할 수 없는 것을 인정해야 하는 자기네들을 스스로 위로하는 것 같았다. 나는 인정할 수 없었다. 그러나 땅속에 묻힌 주인님이 무덤 앞에 차려진 소주와 과일을 먹으려고 흙을 털고 걸어 나오는 일은 일어나지 않았다.

우우우우 울음이 내 속에서 복받쳤으나 나는 떠나는 가족들의 마음을 생각해서 울음을 안으로 밀어넣었다.

식구들이 절을 하는 동안 영희네 큰아버지는 뒤로 돌아서서 정치망 어장 쪽 바다를 바라보며 담배를 피웠다. 물이 빠진 어장에서 새 주인이 노 젓는 쪽배를 몰고 와 고기를 건지고 있었다.

절을 마친 영희네 식구들은 무덤에서 내려와 승용차에 올랐다. 승용차는 수협 네거리를 지나고 학교 뒷길을 돌아서 국도로 나아갔다. 나는 국도로 들어가는 진입로까지 승용차를 따라갔다. 승용차 안에서 영희는 자꾸만 뒤를 돌아보면서 나에게 손짓을 했는데, 따라오라는 말인지, 그만 돌아가라는 말인지 알 수가 없었다. 아마 양쪽 다였을 것이다. 국도 진입로에서부터

배추

승용차는 속도를 높였다. 나는 더 이상 따라갈 수 없었다. 영희네 식구들을 태운 승용차는 차량의 대열 속에 섞여서 국도의 저쪽 모퉁이를 돌아서 사라졌다.

할머니는 떠나지 않았다. 할머니는 밭에 심어놓은 김장배추가 다 자라는 초겨울까지 혼자서 그 빈집에 남아 있기로 했다. 할머니는 배추를 다 길러서 시장에 내다 팔고 나서 다시 큰아들네로 갈 작정이었다. 할머니는 배추와 인연이 깊다. 물에 잠겨버린 내 어릴 적 고향 마을을 떠날 때도 할머니가 어린 배추를 뽑아 던지며 밭에 주저앉아 울던 모습이 기억난다. 배추가 다 자라려면 서리가 내리는 11월 말쯤이 될 것이었다.

떠나기 며칠 전날, 영희가 어머니에게 물었다.

—엄마, 보리는 데리고 갈 거야?

—글쎄다. 저렇게 싸질러 다니는 놈을 어떻게 아파트에서 기를 수 있겠니?

—그럼 어떡해?

—개들은 개 갈 길이 있는 거야.

그때, 할머니가 끼어들었다.

—배추가 다 될 때까지 난 여기 있을 테니까, 저놈은

당분간 내가 데리고 있으마. 그때까지 집이 팔려야 할 텐데.

그렇게 해서, 나의 마지막 날들은 연장되었고, 나는 할머니 곁에 머물 수 있었다.

초가을부터 가뭄이 계속되었다. 땅에서 탄내가 났고 물기 빠진 풀들이 칼날처럼 뻗쳐서 바람에 버스럭거렸다. 늙은 잠자리 대가리가 가을볕에 누렇게 탔고 송장 메뚜기들이 갈라진 땅 틈에서 폴짝거렸다.

할머니는 농협에서 빌려온 양수기로 개울 바닥에 고인 물을 밭으로 끌어올렸다. 할머니가 밭에서 개울까지 호스를 연결할 때 할머니의 작은 몸은 쓰러질 듯이 비틀거렸다. 경유를 태우는 양수기 모터는 죽은 주인님의 모터처럼 통통통 소리가 났고, 푸른 연기를 토해냈다.

나는 일하는 할머니 곁에서 밭고랑을 어슬렁거렸는데 할머니의 일을 도와드릴 수는 없었다. 염소라도 밭으로 들어왔으면 염소를 내쫓으면서 할머니를 거들어드릴 수 있었겠지만 염소들은 다들 어디로 갔는지 보이지 않았다. 점심때 할머니는 나에게 찐감자를 주었다.

배추

할머니는 초가을부터 문간방 아궁이에 군불을 때고 주무셨고 나는 할머니의 따스한 아궁이 앞에 엎드려서 잠들었다. 영희네 식구가 살던 안방과 건넌방은 비어 있었다. 세간살이가 아무것도 없는 빈방에 거미들이 줄을 치고 집을 지었다. 사람 냄새가 빠져나가자 시멘트 구들의 매캐한 냄새가 방 안에 가득 찼다. 염소나 고양이들이 빈집을 우습게 알고 방 안으로 들어와서 낮잠을 자고 똥오줌을 쌌다. 나는 방 안으로 들어온 놈들을 혼내서 쫓아버렸다. 가뭄은 10월이 다 가도록 계속되었다. 내 마지막 날들은 가을볕에 말라서 바스락거렸고 습기 빠진 바람 속에서 하루하루 가볍게 흘러갔다.

마침내 비가 내려서 가뭄이 풀렸다. 마른 땅에 처음 빗방울이 떨어질 때 뜨거운 흙에서 물기가 졸아들면서 먼지 냄새가 풍겼다. 비는 이틀 동안 내렸고, 땅속 깊이 스몄다. 비가 그치자 세상은 기름을 칠한 듯이 윤기가 흘렀고 할머니의 배추는 검푸르게 빛나면서 포기마다 단단하게 영글었다.

할머니는 더 이상 밭에 물을 대지 않았다. 할머니는 배추가 저절로 커지기를 기다렸다. 배추가 다 자라면 할머니는 밭떼기로 배추를 팔고 이 마을을 떠날 것이다. 도시에서 배추 장수들이 할머니의 밭을 보러 왔다.

마을을 떠날 때, 할머니가 나를 어떻게 처리할 것인

지를 나는 알 수 없었다. 할머니는 이따금 나를 물끄러미 바라보며 툇마루에 앉아 있었지만, 아무런 내색도 하지 않았다.

비가 그친 뒤 오랜만에 들에 나갔다. 악돌이의 오줌 냄새도 비에 씻겨서 사라졌다.

돼지 콜레라가 돌아서 사람들은 산 돼지, 죽은 돼지를 모두 땅에 묻었다. 군청 사람들이 나와서 병에 걸린 돼지들을 산 채로 구덩이에 몰아넣었다. 구덩이 위에 흙을 덮고, 꿈틀거리는 흙을 불도저로 다졌다.

악돌이는 돼지 기르는 집의 개였다. 악돌이네 마을로 올라가 보니 돼지우리는 비어 있었고 사람들은 모두 떠나고 없었다. 빈 마을에 출입금지를 알리는 줄이 쳐져 있었고 소독약 냄새가 진동했다. 악돌이네 주인도 떠나고 없었다. 떠난 지 오래되었는지, 마당에 버섯이 피어 있었고 버리고 간 이불에 곰팡이가 슬어 있었다.

악돌이는 어디로 갔을까. 주인이 데리고 갔을까, 다른 사람들에게 팔았을까. 악돌이의 새 주인은 누구일까. 어부일까 농부일까. 짐작할 수 있는 일은 아무것도 없었다.

개들은 갑자기 사라진다. 골목에서 마주치던 개들이 어느 날부터 보이지 않고, 끝내 나타나지 않는다. 사람들도 마찬가지다. 다들 지나간다.

개들이 이사 가는 주인을 따라가는 경우는 매우 드물다. 주인이 이사 가기 전에 개들은 어디론지 사라진다. 주인은 개를 팔거나 버리고 간다. 개장수가 마을에 들어오면 떠나갈 사람들은 개를 끌고 공터로 나온다. 개장수들이 커다란 앉은뱅이저울에 개 몸무게를 달아서 킬로그램에 얼마씩 값을 쳐준다. 너무 작고 가벼운 개들은 사 가지 않는다. 팔려 가는 개들은 주인이 목줄을 끌면, 제 발로 걸어서 저울판 위에 올라간다. 올라가서 고개를 숙이고 눈금이 멎을 때까지 기다린다.

주인과 개장수가 눈금을 확인하고 나면 개장수가 주인에게 만 원짜리 몇 장을 준다. 개장수는 철망에 개를 가두고 용달차에 싣고 떠난다. 실려 가는 개들은 마을을 향해 짖는다. 우리 엄마가 팔려 갈 때도 그랬다.

팔려 간 개들이 어디로 갔는지는 모른다. 모른다기보다는 아무도 물어보지 않는다. 물어보지 않아도 사람들은 다들 알고 있다.

주인 없이 마을에 남은 개들은 식당의 잔반통이나 수협 골목 생선가게의 쓰레기들을 뒤져서 먹는데, 쓰레기를 어질러놓기 때문에 가게 주인들에게 내쫓긴다.

개들은 비쩍 말라서 야산이나 마을 변두리를 어슬렁거리다가 사라지는데, 어디로 가는지는 알 수 없다.

흰순이도 그랬다. 흰순이네 주인은 너무 늙어서 농사일을 할 수 없게 되었다. 늙은 농부는 논밭을 팔려고 내놓아도 팔리지 않자 그대로 둔 채 도회지에서 용달차 운전 일을 하는 아들네로 갔다.

노인이 떠나기 며칠 전부터 흰순이는 주인집 마당에서도 보이지 않았고 길거리에도 나오지 않았다. 노인이 떠나던 날, 아들이 용달차를 몰고 와서 노인을 태우고 갔는데, 그때도 흰순이는 보이지 않았다. 가족 없이 혼자 살던 할머니가 흰순이를 데리고 가는 것을 보았다는 소문이 있었으나 내가 직접 보지는 못했다. 사람들은 개를 쓰다듬어주고 먹을 것을 주지만, 버릴 때는 사정없다.

흰순이네 주인은 흰순이의 새끼 네 마리를 마을 사람들에게 나누어 주었다. 그중 한 마리는 수협 마당에 묶여 있었고, 또 한 마리는 위판장 옆에 버려진 어선에서 사는 거지에게 갔다. 수협 건물에는 은행 출장소, 예비군 중대 본부, 어민상조회가 들어 있었다. 마당에 묶인 개를 어느 기관에서 키우는지는 알 수 없었지만, 밥그릇에는 밥찌꺼기가 붙어 있었고 물그릇에는 물이 담겨 있었다. 이 개는 전신이 노랗고 네 발굽이 까맸다.

버린 어선에서 사는 거지는 수협 네거리에 나와서 구걸을 했다. 거지는 정신이 온전하지 못했다. 어디서 구했는지 립스틱을 빨갛게 칠하고 주운 넥타이를 목걸이처럼 목에 걸고 손으로 입을 가리고 혼자 히죽대면서 무어라고 쉴 새 없이 중얼거렸다. 거지는 길에 가마니를 깔고 앉아서 구걸했다. 거지는 개를 데리고 나와서 끌어안았고, 개는 여자의 목덜미에 주둥이를 박고 있었다. 이 개는 악돌이의 종자였지만 온몸이 잡털 한 올 박히지 않은 흰색이었다. 주둥이와 두 눈동자는 새까맸고, 눈자위는 흰순이를 닮아서 동그랬다. 흰순이의 피가 많이 섞인 듯했다. 그 흰 털에 햇빛이 비치면 털에 무지개가 서려 빛의 덩어리처럼 보였다.

이 어린것들의 머리통이나 어깻죽지에 악돌이의 느낌이 남아 있었지만, 대수롭지 않게 느껴졌다. 새끼들

　　　　　　　　　　　　배추

은 태어난 세상이 신기한 듯, 맑은 눈으로 햇빛 속을 들여다보고 있었다.

흰순이의 새끼들이 어미를 그리워하지 않는 것 같아서 나는 마음이 편했다.

떠난 사람들은 쓰레기를 마당에 쌓아놓고 갔다. 사람들은 쓰레기를 끌어안고 살아왔는지, 쓰레기가 너무 많아서 군청에서도 치우지 못했다.

나는 쓰레기를 쑤시고 다녔다. 쓰레기에서는 떠난 사람들의 몸 냄새가 났다. 떠나간 어부들의 집 마당에는 뚫어진 그물, 소주병, 드링크병, 갈고리가 버려져 있었고, 농부들의 집 마당에는 쇠스랑이나 곡괭이, 멍석, 농약병이 흩어져 있었다. 공터의 쓰레기장에는 헌 옷가지, 아이들의 만화책, 낡은 책가방, 고장 난 텔레비전, 깨진 장독, 찌그러진 냄비, 커피 배달용 보온병, 빈 화장품병 들이 저마다의 표정을 지닌 채 뒤섞여 있었다. 고물장수들이 와서 소주병과 쇠붙이를 골라 갔다. 헌 신발짝들은 뒤축이 닳고 찌그러져 있었다. 농사꾼의 신발, 어부의 장화, 바퀴가 붙은 어린아이 신발, 중학생 신발, 예비군 신발, 가죽구두, 하이힐, 고무신,

운동화가 섞여 있었다. 나는 버려진 신발 중 몇 켤레는 누구의 신발인지 알아맞힐 수 있었다. 나는 어부가 두고 간 장화 속을 들여다보았는데, 어둡고 쿰쿰했다. 그것을 신고 갯벌을 쑤셔서 낙지나 바지락을 잡던 사내가 생각났다. 깨진 텔레비전에서는 뉴스나 트로트가 나올 듯했다. 간장독, 된장독, 김칫독은 깨진 조각만 보아도 무슨 독인지 알 수 있었다. 아이들이 입던 옷에서는 아이들의 팔다리가 움직거리는 듯했다.

쓰레기 더미를 쑤시고 다니니까, 쓰레기를 버리고 떠난 사람들이 다시 돌아올 것만 같았다. 쓰레기 더미는 여러 가지 색깔과 향기로 나를 유혹하던 봄날의 숲과 같았다. 비 오는 날에도 나는 빈집 마당과 공터를 돌면서 쓰레기 더미를 헤집었다.

내 마지막 날들은 며칠 남지 않았다. 할머니가 떠나면 나는 어디론가 가야 할 것이다. 어디로 가든 거기에는 산골짜기와 들판, 강물과 바다, 비 오는 날과 눈 오는 날, 새벽안개와 저녁노을이 나에게 말을 걸어오고, 세상의 온갖 기척들로 내 콧구멍은 벌름거릴 터다.

거기서 나는 달리고 냄새 맡고 싸워야 한다. 어디로 가든 내 발바닥의 굳은살이 그 땅을 밟고, 나는 그 굳은살의 탄력으로 땅 위를 달릴 것이다.

그리고 거기에는 여전히 흰순이와 악돌이들이 살아 있을 것이다. 그 개들이 살아 있는 것은 이 세상의 본래 그러한 모습이라고 나는 생각한다.

김장 때가 되자 배추 장수들이 다시 할머니의 밭을 보러 왔다. 할머니는 밭에서 배추 한 포기를 뽑아서 두 쪽으로 갈랐다. 노란 고갱이 속에 숨어 있던 빛이 퍼져 나왔다.

　―이 노란 속 좀 봐요. 꽉 찬 배추여요.

　할머니가 배추를 자랑했다.

　배추 장수가 밭고랑을 돌면서 배추포기를 헤아렸다. 할머니와 배추 장수가 밭둑에 앉아서 돈 계산을 했다. 할머니는 손가락에 침을 뱉어가면서 돈을 세었는데, 몇 장인지를 잊어버려서 처음부터 다시 세었다. 나는 할머니 옆에 바짝 붙어 앉았다. 할머니가 나를 꾸짖었다.

　―저리 가, 이놈아. 너 땜에 헷갈리잖어.

　할머니는 돈을 허리춤에 넣고 집으로 돌아갔다. 배추 장수가 배추를 모두 뽑아서 트럭에 싣고 갔다. 빈 밭에 흙이 들떠 있었다. 나는 트럭이 사라진 큰길 쪽을 향해 길게 짖었다. 나는 저무는 바다를 향해 짖었고, 아직 남아 있는 사람들의 마을과 그들이 버리고 간 쓰레기 더미를 향해 짖었다.

　우우, 우우우, 우우우우.

　　　　　　　　　　　　　　　　　배추

개 _(2021 개정판)

첫판   1쇄 펴낸날   2005년 7월 11일
      23쇄 펴낸날   2019년 10월 17일

개정판 1쇄 펴낸날   2021년 4월 23일
       5쇄 펴낸날   2024년 9월 1일

지은이 김훈
발행인 조한나
편집기획 김교석 유승연 문해림 김유진 곽세라 전하연 박혜인 조정현
디자인 한승연 성윤정
마케팅 문창운 백윤진 박희원
회계 양여진 김주연

펴낸곳 (주)도서출판 푸른숲
출판등록 2003년 12월 17일 제2003-000032호
주소 서울특별시 마포구 토정로 35-1 2층, 우편번호 04083
전화 02)6392-7871, 2(마케팅부), 02)6392-7873(편집부)
팩스 02)6392-7875
홈페이지 www.prunsoop.co.kr
페이스북 www.facebook.com/prunsoop   인스타그램 @prunsoop

ⓒ김훈, 2005, 2021
ISBN 979-11-5675-872-3 (03810)